Épuisement

Sienna est peut-être jeune, mais son corps sait ce dont il a besoin

Ashley Colem

AF427092

This is a work of fiction. Similarities to real people, places, or events are entirely coincidental.

ÉPUISEMENT: SIENNA EST PEUT-ÊTRE JEUNE, MAIS SON CORPS SAIT CE DONT IL A BESOIN

First edition. November 14, 2023.

Copyright © 2023 Ashley Colem.

ISBN: 979-8215660379

Written by Ashley Colem.

Also by Ashley Colem

Bien Trop Brutal

Obsede Par Elle

Limite dépassée

Amour Improbable

Kataliya, la Parfaite Élue

Le Choix Ultime d'un Seul Amour

Réveille-toi, Barbara

Sexe à Répétition

Taïna est en feu

Captive d'une Nuit Enneigée: Jusqu'à ce qu'elle apparaisse et que son âme se sente captivée

Ces Attouchements Tabous: Cette nuit-là, il a changé ma vie pour toujours

Épuisement: Sienna est peut-être jeune, mais son corps sait ce dont il a besoin

Il va l'avoir: William veut Jesse plus que tout au monde

La Femme de ses Rêves: Il est obsédé par la jeune beauté qui lui a volé son cœur

Le No 1 des Connards: Il ne cherche pas d'excuses pour ce qu'il est ou ce qu'il fait

L'étrange Mariage du Milliardaire: Depuis qu'elle a commencé à développer des sentiments pour Clark

Maintenant... Elle est à moi pour Toujours: Je mets un bébé dans son ventre et une bague en diamant à son doigt

Piégé par elle: Celle qu'il voulait blesser s'est avérée être la seule à avoir jamais touché son cœur

Tenir si Fort: Il ne savait pas qu'une obsession pouvait s'emparer de lui aussi fort

Un Alpha de Mauvais Caractère: Aucune femme n'a jamais été capable de le gérer

Un Échange Très Étrange: Le destin de Cian et de Serenity, croisés dans un lycée américain

Lorsque la mère de Sienna s'est remariée et s'est installée à Paris avec enthousiasme, elle s'est résignée à être élevée par sa gouvernante.

Sienna ne s'attendait pas à ce que son nouveau demi-frère, Grant Foster, le suzerain au cœur froid de Wall Street, lui assigne une équipe de gardes du corps, l'emmène dans son penthouse de plusieurs millions de dollars et commence à l'appeler princesse.

Malheureusement, pendant que Grant la gâte, il continue de la garder à bout de bras. Sienna est peut-être jeune, mais son corps sait ce dont il a besoin.

Et même si son demi-frère est peut-être interdit, elle ne peut s'empêcher de se demander ce qu'il faudrait pour l'épuiser...

CHAPITRE 1

Je m'appelle Sienna et j'ai un problème.

Un magnifique problème de six pieds trois pouces nommé Grant Foster.

Mes hormones me touchent les orteils depuis le moment où il est entré dans ma vie, uniquement pour les affaires, sans plaisir. Un suzerain méchant et moderne qui peut faire se retourner Wall Street et le supplier d'un simple mouvement de son sourcil sombre. Seulement, il n'est pas méchant avec moi.

Oh non. Je suis sa princesse.

Ai-je mentionné que Grant est mon demi-frère ?

Cela semble important.

Commençons par le début.

Nos parents se sont rencontrés l'année dernière, se sont mariés sur un coup de tête et sont partis en une semaine pour Paris. Depuis, ils font un tour éclair de la planète Terre. Étant donné que ma riche mère n'était jamais là, j'étais résigné à être élevé par la femme de ménage, ce qui était le statu quo depuis que je me souvenais.

Cependant, Grant n'allait pas permettre que cela se produise.

Le lendemain du départ de nos parents pour la France, Grant est arrivé avec une équipe de gardes du corps musclés qui m'est désormais assignée en permanence. Leur première tâche était de s'assurer que j'étais emballé et transféré dans le penthouse de Grant, valant plusieurs millions de dollars, à Tribeca. À l'époque, j'avais le cœur brisé par le départ de ma mère – et franchement un peu choqué que mon demi-frère, puissant propriétaire de fonds spéculatifs, se soit moqué de mon bien-être.

Je découvrirais bientôt qu'il s'en souciait. Un peu.

Grant m'aime. Ça me gâte. Il perd la tête même si je suis à proximité d'un danger.

Mais il ne m'aime pas comme je l'aime.

Je soupire et ferme ma lecture actuelle, L'art de vivre en toute confiance. Je pensais que l'université serait la prochaine étape logique après avoir obtenu mon diplôme d'études secondaires, mais Grant m'a plutôt placé en fin d'études, où j'apprends à me conduire comme une vraie dame de la haute société. Au lieu de cours comme la trigonométrie et la poésie du XIXe siècle, nous étudions des choses comme la grâce des médias sociaux, les garde-robes soignées et les premières impressions stratégiques.

Sur la pointe des pieds, j'éloigne ma chaise du bureau en verre transparent pour faire face à ma chambre. Même selon mes critères, cette pièce est un palais. L'un des murs est une baie vitrée donnant sur le port de New York. Les autres murs sont recouverts de fines photographies en noir et blanc dans des cadres dorés. Des sols cirés ressortent sous des tapis orientaux coûteux, mon lit à baldaquin géant posé contre le mur, presque fantaisiste avec ses draps roses et gonflés. Cela ressemble à un nuage de barbe à papa.

C'est dans ce lit que je rêve de Grant. Où je me réveille frustré et endolori.

Cela pourrait aussi bien être une table de torture, les draps étant faits de verre brisé au lieu de coton égyptien à haute densité de fils.

Mon téléphone portable émet un bip sur la table, me faisant savoir qu'il est six heures et chaque centimètre carré de mon corps prend vie, l'anticipation me donnant la chair de poule sur les bras. Chaque soir, mon demi-frère rentre à la maison exactement à la même heure. Il n'est pas devenu le seigneur de la finance en jouant avec son emploi du temps. Non, Grant est exigeant et précis. Il obtient ce qu'il veut.

J'aimerais juste qu'il me veuille comme je le veux.

Sachant qu'il franchira la porte de ma chambre à tout moment, je me lève et passe une brosse dans mes longs cheveux blonds. J'attrape mon peignoir en soie, où il est accroché à sa place habituelle sur ma chaise de bureau – cependant, je ne sais pas vraiment ce qui m'empêche de l'enfiler. Peut-être que depuis mon dix-huitième anniversaire, il y a une semaine, je suis de plus en plus courageux. Mon cœur saute et dérape alors que je laisse ma main tomber de la robe. Je me dirige vers mon lit, allongé sur le matelas sur le ventre.

Rien qu'un débardeur et une culotte.

Que suis-je en train de faire? Suis-je fou?

En regardant par-dessus mon épaule, je réalise que mes fesses dépassent de mon short et je commence à me jeter du lit, avec l'intention d'enfiler ma robe comme un citoyen honnête et honnête...

Mais j'entends le grincement révélateur devant ma porte.

"Tirez, tirez, tirez", je murmure.

Ne trouvant aucune autre option, je me laisse tomber sur le lit et fais semblant de dormir.

Vous savez, comme un jeune de dix-huit ans totalement mature et mondain.

La porte s'ouvre lentement et une sensation de chatouillement me frappe entre les jambes. C'est son parfum. Bourbon versé sur de la glace, garni de menthe. Il n'y a aucune raison pour que cette odeur me plaise. Je n'ai jamais bu de boisson alcoolisée de ma vie. Cependant, j'ai souvent rêvé de goûter cette combinaison de menthol et d'alcool sur sa langue. Trop de fois.

C'est un rêve ridicule. Mon magnifique demi-frère célibataire, millionnaire et célibataire de trente-trois ans ne m'a emménagé dans sa maison que parce qu'il y a de la compassion qui se cache au plus profond de lui, sous l'extérieur froid. Soit ça, soit avoir un demi-frère abandonné qui court sans attaches à New York pourrait nuire à sa réputation au cas où j'aurais des ennuis. Quelle que soit la raison pour laquelle je me suis retrouvé sous la garde de Grant, je devrais lui être reconnaissante et arrêter de souhaiter qu'il m'embrasse. Ou touche-moi.

S'il le faisait, je jure que je ne le dirais à personne.

Je ressens la moindre hésitation dans la démarche de Grant lorsqu'il entre dans ma chambre. Ne serrez pas les fesses, m'ordonne-je. Comme si cela pouvait devenir encore plus embarrassant. En essayant de tenter mon demi-frère, je devrais avoir honte de moi.

Et peut-être que je retrouverai cette honte... demain.

Pour l'instant, je ne peux rien faire d'autre que d'absorber la sensation de son regard remontant sur l'arrière de mes cuisses nues et s'attardant sur mes fesses à moitié exposées, mes joues coupées en deux par des pois violets. D'une seconde à l'autre, il va se retourner et quitter la pièce et nous n'en reparlerons plus jamais. Seulement, il ne part pas. Je retiens mon souffle alors qu'il tourne autour de moi et s'arrête. Il expire longuement et lentement, puis revient à mes côtés en deux pas mesurés. La robe est drapée sur moi.

"Terre de sienne."

Je cligne des yeux comme un hibou de dessin animé, m'assois et enfile ma robe. Là où j'aurais dû être en premier lieu. "Oh hey! Quelle heure est-il?"

Les sourcils de Grant se courbent sur ses yeux bleu nuit. Il porte aujourd'hui une cravate qui leur va parfaitement, rentrée dans un costume noir repassé. Le pouvoir s'échappe de lui comme des panaches de fumée. En le regardant depuis ma position agenouillée sur le lit, je pourrais prier Dieu. Si Dieu était d'une beauté pécheresse avec des cheveux noirs coupés court et gardait des secrets cachés derrière ses yeux. Ses épaules sont si larges qu'elles bloquent tout le reste, sa poitrine et son ventre sont en forme impitoyable. Il est robuste d'une manière qui me met au défi de sauter en courant et de m'enrouler autour de lui. Mon demi-frère est un peu trop beau pour être une bête, mais il y a quelque chose d'animal dans la façon dont il me regarde. À moins que ce ne soit juste mon vœu pieux, une blessure qui se reproduit.

«Tu ne t'endors jamais à cette heure, Sienna. Qu'est-ce qui vous a fatigué ?

S'il savait à quel point je suis pressé lorsqu'il prononce mon nom, il s'arrêterait probablement. C'est comme si quelqu'un me taquinait de l'intérieur avec une plume. «Je me suis réveillé tard hier soir pour étudier mon examen d'étiquette sociale », je mens. "Je suppose que le manque de sommeil m'a rattrapé."

« Je parlerai avec vos instructeurs. Vous avez besoin de huit heures de sommeil. Un muscle tique dans sa joue et il tend la main vers le téléphone portable caché dans sa veste de costume. "Peut-être que je devrais organiser des cours particuliers."

"Oh non," je respire, tendant la main pour retenir sa main. « S'il vous plaît, ne faites pas ça. Tout le monde me manquerait à la fin de l'école.

"Voudriez-vous ?" Il fait un pas vers le lit. Nous sommes toujours séparés d'un bon pied et demi, mais ce simple pas pourrait tout aussi bien faire rougir nos corps. J'avale un gémissement et sens son odeur s'enfoncer de plus en plus profondément dans mon sang. « Je suppose que tu parles du manque de tes copines. Considérant qu'il n'y a pas d'instructeurs, d'étudiants ou de membres du corps professoral de sexe masculin.

J'avale. "Oui."

« C'était ma première chose à faire lorsque j'ai acheté l'école et que je vous y ai placé personnellement. Seules les femmes respirent le même air que vous. Pas d'hommes, sauvez moi et votre équipe de sécurité. Cela ne changera pas.

"Oui, je sais, Grant."

Est-ce que j'imagine la façon dont ses paupières se baissent lorsque je prononce son nom ? "Vous dites que tout le monde vous manquerait à la fin de l'école." Son front se plisse. « Est-ce que ça veut dire que tu es seul à la maison ?

"Non, bien sûr que non", je me protège. Je ne suis pas vraiment seul. Pas avec Grant dans les parages. Mais cela ne me dérangerait pas de parler à un ami de mon âge de temps en temps.

Et il semble le savoir. Bien sûr qu'il le fait. Cet homme ne manque de rien. "Parce que s'il y a un ami en particulier que tu aimerais venir chez moi, je le permettrai", dit-il en jetant un coup d'œil vers la fenêtre. "Si ça te rend heureux."

Ma bouche s'étire en un sourire. "Vraiment?"

Son attention revient brusquement sur moi et il s'éclaircit la gorge – durement. « Chaque élève a été examiné, ainsi que ses familles et amis proches. Néanmoins, celui que vous choisirez sera toujours surveillé de très près. A ses côtés, les deux poings se serrent et se relâchent. "Je ne fais confiance à personne avec ma princesse."

J'essaie de cacher le fait que l'humidité s'accumule entre mes jambes. Princesse, il m'appelle. Je sais qu'il parle d'affection entre demi-frères et sœurs, mais je l'entends différemment. Je l'entends comme le ferait un amoureux, que ce soit bien ou mal. « Merci, Grant. Je penserai à inviter quelqu'un.

Il hoche vivement la tête.

Plusieurs moments s'écoulent pendant que nous nous regardons.

"Veux-tu ton câlin maintenant?" Je murmure, juste au cas où ma douzaine d'agents de sécurité pourraient nous entendre à travers la porte.

La grosse poitrine de Grant commence à monter et descendre. Rapide. Rapide. On dirait que sa mâchoire pourrait se briser. "Oui."

L'anticipation est ballottée dans mon ventre comme des houppettes. Ne lisez rien dans les câlins quotidiens. Je me l'ai dit des centaines de fois. Depuis le premier soir où Grant est venu dans ma chambre et que nous avons effectué le rituel, je me suis rappelé de ne pas peindre une idée romantique sur la façon dont nous nous touchons. Mon demi-frère est un homme fermé qui travaille constamment. Il ne fait confiance à personne. Pour autant que je sache, il ne sort pas avec lui – s'il vous plaît, s'il vous plaît, laissez cette dernière partie être exacte. Fondamentalement, Grant n'a aucune utilité pour les humains, à moins qu'ils ne lui rapportent de l'argent.

C'est du moins ce qu'il laisse croire au monde.

Avec moi, une fois par jour, il baisse sa garde et absorbe le contact humain dont nous avons besoin pour être heureux. Survivre. Il m'a choisi pour lui offrir quelques minutes de réconfort et je ne vais pas transformer notre acte d'amour en quelque chose de sexuel. Aussi grave que je puisse le souhaiter.

Je marche vers lui à genoux, les bras tendus. Il feignait l'indifférence pendant cette partie, mais ce n'est plus le cas. Maintenant, ses pupilles se dilatent, rendant ses yeux bleus noirs. Sa respiration tremble et expire par le nez, de plus en plus vite à mesure que je m'approche. Et quand j'enroule enfin mes bras autour de son cou, il gémit dans la pièce calme, me soulevant du lit avec aisance et me serrant contre sa poitrine.

"Dis-moi ce que je veux entendre", ordonne-t-il, la bouche ouverte contre mon oreille.

"Je suis ta princesse." J'enroule mes jambes autour de sa taille. "Tout à toi."

"Le reste, Sienna."

"Je ne partirai jamais."

Un frisson le traverse et je l'absorbe, laissant mon demi-frère me passer les mains. Dans mon dos, sur mes hanches, dans mes bras. Il a tellement soif de contact humain qu'il doit le faire. J'ai ressenti son besoin de toucher dès le premier jour de notre rencontre, c'est pourquoi je l'ai spontanément serré dans mes bras lors de notre première nuit de vie commune. J'avais immédiatement besoin que Grant sache qu'il pouvait être humain avec moi, voire personne d'autre.

Après s'être raidi pendant plusieurs secondes, il lui rendit son étreinte.

Et désormais, chaque soir, nous nous retrouvons ici et recréons un moment qui s'améliore avec le temps. Enrouler mes jambes autour de lui est quelque chose de nouveau. Quelque chose que je ne fais que depuis environ une semaine. Ses grandes mains ont peut-être commencé à m'explorer à différents endroits, plus bas, comme mes fesses et mes cuisses, mais cela pourrait simplement être un vœu pieux. Peut-être qu'il l'a toujours fait. Quant à son érection, je ne sais pas quand elle a commencé puisque je ne l'ai remarqué que lorsque nos parties intimes ont commencé à se toucher, grâce à mes jambes autour de sa taille. Je sais que son corps ne peut s'empêcher de réagir à la proximité d'une femme, alors je ne lis pas trop dans la chair épaisse et surélevée qui pousse ma culotte.

J'aimerais juste être libre de me frotter partout.

Mon Dieu, j'adorerais ça. Je mourrais de bonheur.

Mais j'ai trop peur de perdre cette connexion. J'ai envie de notre proximité. C'est mon monde.

Si j'allais trop loin et découvrais que Grant ne veut pas de moi comme amant, je ruinerais cette relation unique que nous entretenons. Après une jeunesse passée entre nounous, c'est la jeunesse la plus honnête et la plus authentique que j'ai jamais eue. Alors je reste immobile et je le laisse me prendre. Laissez-le être quelqu'un d'autre que le dieu de la finance pendant cinq minutes.

Pour le moment, c'est juste mon demi-frère.

Je suis sa demi-soeur.

Et il me touche comme si j'étais sa princesse personnelle.

Parce que c'est exactement ce que je suis.

Cependant, quelque chose de nouveau se produit maintenant. Grant pose ses genoux sur le lit et m'allonge sur le matelas, mes chevilles toujours lâchement enroulées au bas de son dos. Sa bouche est à quelques centimètres de la mienne et je me force à ne pas gémir ni demander de baisers. Notre premier. Je ferais n'importe quoi. Je ferais n'importe quoi pour qu'il enfonce cette grosse partie charnue de lui contre moi aussi. Juste pour savoir ce que ça fait.

Pourtant, Grant ne m'embrasse pas. Ou me faire pénétrer son excitation.

Dans un mouvement lent et délibéré, Grant me fait rouler sur le ventre. Air embrasse l'arrière de mes cuisses et je sens qu'il me regarde là. Je ferme les yeux et poings les draps en attendant. Attendre pour quoi?

Je déchire presque les draps avec mes doigts avides lorsque mon demi-frère soulève l'ourlet de ma robe, exposant mes fesses à peine couvertes.

«Je sais que tu ne dormais pas quand je suis entrée, Sienna. Je connais chaque putain de pensée dans ta belle tête. Tu voulais me montrer ça. Sa main se pose sur mes fesses, prenant ma joue droite en coupe et la secouant fort. Avant que je puisse comprendre ce qui se passe, Grant envoie un coup lent et sensuel sur ma chair. Une fessée enveloppée de soie, avec juste assez de mordant pour me faire haleter. "Ne laissez pas cela se reproduire."

Je suis encore sous le choc lorsque la porte se referme derrière lui et que je me retrouve à nouveau seule.

Un sanglot frustré sort de ma bouche.

Tout d'un coup, je réalise que je ne peux pas continuer comme ça. Ma féminité se crispe, mes sous-vêtements sont trempés – et le fait que Grant touche ma peau nue est une dépendance fraîchement formée.

J'ai besoin d'un autre coup.

Je dois juste trouver comment l'obtenir.

CHAPITRE 2

Je serre mes genoux l'un contre l'autre pour les empêcher de trembler.

Cela n'aide pas.

Je n'ai jamais été envoyé au bureau de la directrice auparavant. Je n'ai même jamais vu un instructeur se mettre en colère contre moi. Au contraire, je suis l'animal de compagnie du professeur de l'école qui termine ses études, je rends mon travail tôt et je lève la main pendant les cours. Pas aujourd'hui. Aujourd'hui, je suis assis dans une rangée de chaises froides, dures et en plastique de la honte, attendant... quoi ? La directrice va-t-elle appeler mon demi-frère ?

J'avale un son nerveux et serre mes genoux plus fort.

Grant n'a pas une seconde libre dans son emploi du temps chargé. Même lorsqu'il est à la maison le soir, il répond constamment aux appels téléphoniques et rédige des courriels, tout en restant totalement stoïque et imperturbable. C'est assez incroyable à regarder. Et je regarde beaucoup. Je regarde habituellement autour du montant de la porte de son vaste bureau à domicile, souhaitant qu'il arrête de travailler et revienne me serrer dans ses bras.

Grant ne va certainement pas me serrer dans ses bras aujourd'hui. Pas s'ils le retirent d'une négociation de plusieurs millions de dollars pour qu'il puisse venir s'occuper de sa belle-soeur devenue fauteuse de troubles.

Peut-être que je devrais m'enfuir.

En me mordillant la lèvre inférieure, je regarde la porte principale du bureau. En fait, j'envisage de quitter mes études à pied et de déménager en Espagne. Malheureusement, je devrais passer devant ma douzaine de gardes du corps, qui sont tous postés devant la porte du bureau.

Je m'affaisse et expire. On dirait que je vais devoir le faire avec effronterie.

La porte du bureau principal s'ouvre et j'inspire, mais ce n'est pas Grant. C'est une autre fille portant un uniforme identique au mien.

Jupe à carreaux bleue, chemisier boutonné blanc, chaussettes hautes. Je la reconnais au cours d'aérobic, même si nous n'avons jamais parlé.

Elle passe une main sur sa longue queue de cheval sombre et se laisse tomber sur la chaise à côté de moi, jetant une jambe galbée sur l'autre. "Salut. Je m'appelle Ophélie.

"Salut." J'essaie de sourire. «Sienne Foster.»

Ses lèvres se contractent joliment. "Je sais qui tu es. Tout le monde le fait. Votre frère a commandé l'école de finition.

"Oh ouais," dis-je dans un soupir.

Nous partageons un rire tranquille.

"Qu'est-ce que tu fais?" elle demande.

Mon expression devient misérable. "Je me suis endormi dans la gestion du temps." Je me tourne vers elle, les yeux écarquillés. "Mon professeur a dit que j'avais évidemment besoin de ce cours plus que quiconque."

Sa bouche forme un O. « La prochaine fois, peux-tu interrompre l'aérobic ? Elle frémit. « Je n'aime pas transpirer. Ils m'ont dit que ce n'était pas une excuse suffisante pour m'absenter. J'ai supplié de ne pas être d'accord et nous y sommes. Encore."

Contre toute attente, je souris. « Alors, vous venez souvent ici ?

Ophélie me regarde d'un air pincé. « Quelqu'un doit garder ces chemises rembourrées sur ses orteils. Votre frère n'aurait-il pas pu embaucher des instructeurs plus cool ?

Je suis redevenu maussade. « Tu devrais lui demander toi-même. Il est probablement en route ici maintenant.

Elle me regarde attentivement. « As-tu peur de lui ?

"Non. Je n'aime tout simplement pas le décevoir. Il a tellement fait pour moi.

Ophélie fredonne. "Il y a des rumeurs qui circulent à l'école selon lesquelles, euh..." Elle s'arrête en secouant la tête. "Peu importe, cela ne regarde vraiment personne."

« Non, dis-le-moi. S'il te plaît ?" Je me retourne sur la chaise pour lui faire face. « Je suis la fille avec douze gardes du corps. Personne ne peut s'approcher suffisamment pour me parler. Quelles rumeurs circulent ?

« Personne ne me parle non plus », dit doucement Ophélie. « Ici, chaque étudiant a réussi un test pour être accepté. Mon père a juste beaucoup d'influence. Elle me fait un demi-sourire. "Tu n'es pas le seul solitaire dans ces régions." Nous partageons un moment de calme, avant qu'elle continue. "Alors ok. J'ai peut-être entendu des filles dans la salle de bain dire que toi et ton demi-frère aviez une... relation. De la persuasion biblique. Même si ce n'est pas le terme qu'ils utilisent.

Je suis sûr que mon visage est rouge betterave. "Ce n'est pas vrai."

Elle acquiesce. "Je te crois."

Ce que je lui dis ensuite me saute aux lèvres, de manière inattendue. Je ne sais pas vraiment ce qui me pousse à me confier à Ophélie. C'est peut-être mon sixième sens qui me dit qu'elle est digne de confiance. Peut-être que j'ai juste besoin de parler à une autre fille. Quelle que soit la raison, je me surprends à murmurer : « J'aimerais que ce soit vrai. Je l'aime."

Ses sourcils sombres se courbent et je peux voir les roues tourner dans sa tête.

"Pas de risque, pas de gloire. Vous devriez faire quelque chose à ce sujet.

"À propos de quoi ?"

"Tu es amoureuse de lui et il devrait t'aimer en retour."

Je m'assieds plus droit. "Ouais."

Quelque chose d'important se passe entre nous et mon intuition me dit que j'ai trouvé une amie pour la vie en Ophélie. «J'ai besoin de l'épuiser», je murmure.

Avant qu'elle puisse répondre, j'entends le bruit familier des pas de mon demi-frère venant dans le couloir en direction du bureau principal. Personne n'approche comme Grant. Il marche avec une confiance imposante. Comme si les océans s'ouvriraient pour lui, en plein milieu.

"C'est lui", je murmure, mon cœur bat dans ma poitrine. « Je n'ai jamais eu de problèmes auparavant. Je n'ai aucune idée de ce qui va se passer.

Ophélie me serre la main. "Être fort."

Dans un état de panique provoqué, j'acquiesce. Lorsque Grant entre dans le bureau, un frisson de joie me traverse. Il a l'air encore plus puissant à l'extérieur de chez nous, marchant parmi les gens ordinaires. Son regard bleu balaie la pièce et se pose sur moi, si intense qu'il me transforme en vapeur là où je suis assis. Son expression est tendue, irritée, mais je décèle aussi une note de soulagement.

L'administratrice derrière la réception se lève d'un coup, balbutiant un salut. «M-Monsieur Foster. C'est tellement agréable de voir... »

« À qui dois-je parler de ma sœur ? » grogne-t-il sans détourner son attention de moi.

Devenant couleur crème fouettée, l'administrateur décroche le téléphone et appuie sur un bouton. « La directrice Lancaster ? Monsieur Foster est arrivé... »

À ma gauche, la porte du bureau de la directrice s'ouvre brusquement et une Mme Lancaster polie et d'âge moyen émerge avec une main tendue. «C'est un tel plaisir, Monsieur Foster. Je-je suis vraiment désolé que tu aies dû prendre du temps sur ton... »

« Pas assez désolé, apparemment », dit-il en la contournant dans le bureau.

Avec un regard embarrassé dans notre direction, la directrice suit Grant à l'intérieur et ferme la porte. Ophélie et moi échangeons un regard nerveux et elle me serre la main plus fort.

"Nous devons entendre ce qu'ils disent", murmure Ophélie du coin de la bouche.

"Comment?" Je demande en hochant la tête en direction de la réceptionniste. "Elle nous verra."

La jambe d'Ophélie rebondit un instant, puis elle sort un téléphone portable et compose l'un des numéros abrégés. Derrière la réception de l'école, le téléphone sonne. Je réalise juste que ce n'est pas une coïncidence lorsqu'Ophélie pose sa main autour du combiné et dit – d'une voix d'homme – « Ouais, nous avons un vagabond qui fait pipi dans la piscine. Il faut que quelqu'un vienne s'en occuper dès que possible.

L'administratrice halète, raccroche le téléphone et sort du bureau en courant, criant dans un talkie-walkie ultramoderne pendant qu'elle s'en va. Je ne perds qu'une seconde à rester bouche bée de fierté étonnée devant Ophélie, avant que nous nous levions tous les deux et pressions nos oreilles contre la porte de la directrice.

Grant parle, la voix basse et rauque.

« Vous souvenez-vous pourquoi j'ai fait construire cette école de finition, Mme Lancaster ? Pourquoi ai-je fait venir les meilleurs instructeurs du monde entier pour enseigner entre ces murs ?

"Hé bien oui-"

« Pour donner à ma demi-sœur la meilleure éducation sociale possible. Dans un endroit où je savais qu'elle serait en sécurité et heureuse. Il fait une pause. « Si elle cesse d'être satisfaite, je fermerai cette école du jour au lendemain. »

« Je vous ai amené ici par souci pour Sienna, Monsieur Foster. Elle s'est endormie pendant son cours de gestion du temps et je me suis demandé s'il y avait quelque chose à la maison... »

« Écoutez très attentivement. Si jamais elle s'endort encore en classe, apporte-lui une putain de couverture", dit-il justement. « Chaque brique de chaque mur a été posée là pour elle. Je serai heureux d'apporter une boule de démolition à cette institution et d'en construire une autre pour assurer le bonheur de ma demi-sœur. Je construirai une centaine d'écoles et laisserai Sienna faire son choix, si cela la fait sourire. Elle. Reste. Heureux. Et en sécurité. Chaque instant de chaque jour. Sommes-nous clairs ?

"Oui Monsieur."

"Bien. J'aimerais parler seul avec Sienna maintenant.

Ophélie et moi nous éloignons de la porte et déposons à nouveau nos fesses sur les sièges, faisant de notre mieux pour paraître innocentes.

Mais à l'intérieur, mon pouls s'accélère à des milliers de kilomètres à l'heure et mon corps trahit mon bonheur absolu, rendant ma culotte humide, mes tétons douloureusement dressés. Je savais que Grant aimait me voir heureuse, mais je ne savais pas dans quelle mesure. Personne ne s'est jamais soucié de moi comme lui. Mon cœur pourrait s'envoler vers les nuages si ma cage thoracique ne la maintenait pas en place.

"Euh, je ne pense pas que tu auras du mal à l'épuiser", dit Ophélie avec sérieux.

Je n'ai pas eu l'occasion de répondre car la directrice sort, le visage rouge et l'air harcelé. "Mlle Foster." Elle m'aide à me relever et me guide comme un invalide jusqu'au bureau. "S'il te plaît. Utilisez mon bureau pour parler avec votre frère. Prenez tout le temps dont vous avez besoin."

"Merci."

Elle ferme la porte derrière elle et je me retrouve seul avec Grant. Il fait face, debout à la fenêtre donnant sur Lower Manhattan, les bras croisés sur la poitrine. "Tu avais l'air nerveux quand je suis entré. Pourquoi ?"

« Tu m'as tout donné », dis-je. "Je ne devrais pas être un fardeau en retour."

Grant se tourne lentement, un sourcil levé, traversant le bureau – un pas mesuré après l'autre – pour se tenir devant moi. Son parfum est si masculin et capiteux qu'il fait trembler mes cuisses, mais je ne fais que pencher la tête en arrière et attendre. Les mains de mon demi-frère se lèvent et se posent sur ma taille et je lutte contre un gémissement. J'ai le fantasme fantastique qu'il va m'embrasser, mais il vient me chercher et me pose sur le bord du bureau de la directrice.

Ses grandes mains s'attardent sur ma taille. "Ma princesse pense qu'elle est un fardeau." Il rit sans humour et je crois entendre un petit gémissement s'échapper lorsque son attention se fixe sur mes tétons durs. « La vie était un fardeau avant ton arrivée, Sienna. Écraser tout ce qui vous déplaisait n'est pas une corvée. C'est un privilège. Ses pouces tracent des cercles de chaque côté de mon nombril et c'est tout ce que je peux faire pour ne pas me tortiller plus près de son corps grand et fort. "Je suis désolé que tu sois nerveuse, princesse."

"C'est bon," je murmure en tremblant.

"Non. Être moins qu'heureux n'est jamais acceptable. Son contact me quitte et je crie presque de consternation, mais je me mords la lèvre à temps pour garder le son emprisonné. Je regarde Grant sortir quelque chose de la poche de son pantalon. Un écrin à bijoux ? Oui. Il est long et rectangulaire, du genre à contenir un collier, et je suis encore sous le choc des possibilités de ce qui pourrait se trouver à l'intérieur lorsqu'il ouvre la boîte en velours noir et révèle un collier de diamants.

Apparemment, des centaines de pierres me font un clin d'œil dans une monture en platine et c'est si élaboré que mes mains volent vers mes joues rouges. "Oh mon Dieu. Accorder. Tu viens de m'offrir un diadème en diamant pour mon anniversaire la semaine dernière. Je secoue vigoureusement la tête. « Cela ne peut pas être pour moi. J'ai des ennuis et tu m'apportes des bijoux ? Je baisse la voix à voix basse et passe mon doigt sur la splendeur de l'étui. "Je suis presque sûr que ce n'est pas comme ça que ça est censé fonctionner."

« Vous n'avez pas d'ennuis. Et vous gâter, c'est ma façon de travailler. Il sort le collier et l'attache autour de mon cou, posant ses mains sur mes hanches. « Tu es trop belle. Cela ne vous rend pas justice.

"Ce collier est vraiment à moi ?"

Les yeux de Grant brillent d'amusement face à ma question. « Bien sûr que oui, Sienna. Et les boucles d'oreilles assorties sont sur ton lit à la maison. Son humour s'estompe, remplacé par l'inquiétude. « Pourquoi t'es-tu endormi en classe ? Hier aussi, tu étais fatigué quand je suis arrivé dans ta chambre. Je regarde sa cravate bordeaux monter et descendre dans une respiration lourde, je sens ses mains pétrir mes hanches dans un rythme délicieux. "Est-ce que quelque chose t'empêche de dormir la nuit, princesse ?"

Incapable de mentir à Grant, je me mords la lèvre et hoche la tête. "Oui. Mais je ne comprends pas vraiment.

Il se place entre mes cuisses et inspire profondément au creux de mon cou, sa poigne me tirant plus près du bord du bureau, contre cette grosse partie enflée de lui, la frottant doucement. Presque comme par accident. "Dites-le-moi et je vais le réparer."

Oh, j'aimerais qu'il répare ce qui ne va pas chez moi, parce que je soupçonne qu'il est le seul à pouvoir le faire. Cependant, donner mon explication à voix haute est embarrassant et cela me brûle le visage. "C'est euh... mon corps", je murmure, regardant ses yeux bleu nuit se aiguiser. «J'ai parfois mal. Et chaud. Ça devient tellement grave que je n'arrive pas à dormir.

La voix de Grant est profonde lorsqu'il répond. « Pauvre princesse. Où as-tu mal ?

Je ferme la bouche, refusant de répondre. J'en ai déjà assez dit.

"Si je suppose bien..." demande-t-il contre mon oreille. "Voulez-vous hocher la tête?"

"Oui."

Dans un mouvement auquel je n'aurais jamais pu m'attendre, les mains de Grant se referment sur mes seins, me massant à travers mon chemisier. "Ici?"

Mon souffle me laisse dans un sanglot et mes cuisses s'ouvrent plus largement sur le bureau. Involontairement. Ses pouces taquinent mes tétons et je me cambre, des points de lumière clignotant devant mes yeux. Oh mon Dieu. Oh mon Dieu. Ça fait tellement de bien. Me rappelant que je suis censé hocher la tête, je hoche la tête de haut en bas.

"Est-ce le seul endroit?" » demande Grant d'une voix rauque.

"N-non."

Les minuscules muscles entre mes jambes se contractent lorsque les mains de Grant me ratissent le devant, rassemblant l'ourlet de ma jupe, sa poitrine commençant à se soulever de plus en plus vite. "Je vais soulever ça et vérifier ta culotte. S'ils sont mouillés, nous connaîtrons la source de la douleur.

Sachant déjà ce qu'il va trouver – et ayant soudainement besoin que mon demi-frère sache à quel point je souffre – j'écarte mes jambes et m'appuie en arrière sur le bureau. Mes tétons dépassent de manière indécente sous mon chemisier, des diamants scintillent et Grant me touche. La vie ne peut pas être meilleure que ça, mais j'aimerais que le battement constant en moi cesse.

C'est trop dur à supporter.

Grant essuie la sueur de sa lèvre supérieure d'un simple mouvement du poignet, puis il soulève l'ourlet de ma jupe, son visage habituellement stoïque se tordant de douleur. "Putain de Christ."

"A-sont-ils mouillés?"

Grant se lèche la lèvre inférieure. "Ils sont saturés, Sienna."

J'essaie de fermer mes genoux, mais il me bloque avec ses hanches. "Est-ce mauvais?"

"Dieu non. Vous venez de commencer à avoir envie d'un homme plus tôt que prévu. Six jours trop tôt, je crois l'entendre marmonner. Sa bouche ouverte trace une ligne le long de mon cou, ses doigts jouant avec le bord de ma culotte, me faisant me tordre sur le bureau en bois dur. "Crois-moi, je vais m'assurer que tu dors très bien ce soir, princesse."

Mes yeux se croisent presque à cette implication. "Vous serez?"

Sa mâchoire fléchit. "Est-ce que je ne prends pas toujours soin de toi?"

« Oui, Grant. Toujours. Dans tous les sens."

Il fait un bruit dur. " Te voir dans ce genre de besoin est une torture. "

Ce genre de besoin. Je ne suis même pas sûr de ce qu'il veut dire, seulement qu'il connaît plus de détails et je veux qu'on en discute. Je veux que la faim mystérieuse soit supprimée.

Seigneur, je veux qu'il touche à nouveau mes seins. Je veux qu'il m'embrasse. Et qu'est-ce que ça veut dire qu'il me touche comme il ne l'a jamais fait auparavant ? Est-ce que Grant m'aide juste à comprendre ce qui ne va pas avec mon corps, ou est-ce que mon demi-frère... veut de moi ? Cela semble impossible. Il pouvait avoir n'importe quelle femme qu'il voulait. Une femme qui n'a aucun lien de parenté avec lui. Être avec moi ne pourrait-il pas nuire à sa réputation ? Je préférerais mourir plutôt que de lui causer encore plus de problèmes.

Je suis distraite de mes pensées troublées lorsque Grant me tire du bureau, utilisant son corps pour me maintenir stable. La chaleur irradie de lui et je sens toujours la ligne épaisse de son érection contre mon ventre, mais ses mouvements deviennent plus ciblés. "Nous ne pouvons pas vous laisser porter des culottes mouillées toute la journée", dit-il vivement, passant la main sous ma jupe et baissant mes sous-vêtements pour les laisser tomber au sol.

Ce qui se passe ensuite me laisse perplexe.

Mon demi-frère fouille dans la poche de sa veste et enlève une paire de ma culotte. Ceux propres que je reconnais dans mon tiroir à la maison. La mâchoire sur le point de se briser, il me fait signe d'enfiler le nouveau sous-vêtement, puis le fait glisser le long de mes jambes, effleurant mon sexe et mes fesses avec ses doigts tout en les mettant en place.

J'aspire de grandes bouffées d'air au moment où il termine, le désir de soulagement s'intensifiant en moi lorsque Grant presse la paire mouillée contre sa bouche, les sentant, avant de ranger le sous-vêtement humide dans sa poche.

Il me prend par le menton et passe son pouce le long de la couture de mes lèvres, regardant mon visage comme s'il le mémorisait. "Directement à la maison après l'école, princesse."

"Oui, Grant."

Avec un faible juron, il est parti, me laissant secoué là où je me trouve.

Je traverse le reste de la journée dans le brouillard et j'ai honte de l'admettre, je m'imprègne d'une deuxième culotte en rejouant encore et encore ce qui s'est passé dans le bureau de la directrice. Comment mon demi-frère m'a touché, comment il a promis de soulager ma douleur ce soir. Comment va-t-il le faire? Va-t-il me montrer ce que c'est que de faire l'amour ? L'acte m'est inconnu, mais il procure un soulagement aux personnes qui s'y livrent. C'est ce que je sais. Sans oublier que cela nécessite de la nudité et des attouchements. Je veux vivre cela pour la première fois avec Grant.

Ce soir. Ensuite, chaque nuit aussi. Ne pas être gourmand.

Aussi... je ne sais pas si c'est bien ou mal, mais j'ai un fantasme secret où Grant m'accompagne à ma conférence le matin, portant mon cartable sur sa solide épaule pour moi. Lorsque nous atteignons la porte de la classe, il m'embrasse sur le front et me dit d'être une bonne fille. Comme s'il était mon... papa. Je ne sais pas ce que cela signifie, mais ce fantasme à lui seul peut m'inonder de chaleur.

En parlant de ça, toutes mes terminaisons nerveuses bourdonnent lorsque je saute dans ma chambre, jetant mon cartable par terre. J'attends les boucles d'oreilles en diamant sur mon lit, mais je fronce les sourcils en voyant un autre paquet à côté. Je m'assois avec ça sur mes genoux et déballe... une sorte de baguette. C'est de l'or et il y a un petit interrupteur sur le côté.

Il n'y a aucune note jointe, alors je retourne dans la boîte pour obtenir des instructions.

Après le premier paragraphe, ma bouche reste par terre.

Grant m'a acheté un vibromasseur ? Pour me faire plaisir ?

Tout d'un coup, ses paroles du début de l'après-midi me reviennent à l'esprit. Croyez-moi, je veillerai à ce que vous dormiez très bien ce soir, princesse.

Non, ce n'est pas ce dont j'avais besoin. J'ai besoin de Grant. Ne sait-il pas que j'attends bien plus qu'une solution rapide ? J'ai soif de son contact, de son attention, de son... amour.

Je me laisse tomber sur le lit, le vibromasseur oublié dans ma main.

Ensuite, j'entends les mots d'Ophélie dans ma tête.

Euh, je ne pense pas que tu auras du mal à l'épuiser.

J'étudie le vibromasseur avec une détermination renouvelée.

Il est peut-être temps de commencer à épuiser mon demi-frère.

Désormais, ce n'est plus Mme Nice Girl.

CHAPITRE 3

Grant ne vient pas dans ma chambre pour son câlin ce soir-là.

Un plateau-repas arrive à ma porte à 18 heures. pointu, accompagné d'une note.

On y lit : Rejoignez-moi dans le salon à sept heures. g

Peut-être que je me trompais sur l'intention de mon demi-frère en m'achetant la petite baguette en or. Peut-être que Grant m'a acheté le vibromasseur pour m'amuser encore plus, en plus de ce que nous allons faire ensemble ? Pourquoi cet homme est-il si mystérieux ?

Chaque centimètre de mon corps est encore en feu à cause de son contact cet après-midi – et j'en ai besoin de plus – alors je me précipite pendant mon dîner, renversant maladroitement de la soupe à la courge musquée sur ma chemise. Forcé de me changer, j'enfile une chemise de nuit blanche et me peigne les cheveux, les laissant dénoués. En sortant de la pièce, je m'arrête et récupère la boîte contenant le vibrateur, l'apportant avec moi. Si Grant n'a pas l'intention de me toucher à nouveau, je devrai mettre en œuvre mon grand plan important.

Je m'arrête net au bord du salon lorsque j'entends une voix de femme. Elle parle avec un accent français professionnel et quand je tourne au coin, je vois que la voix vient d'une femme d'une soixantaine d'années très à la mode. Elle est vêtue d'un élégant tailleur-pantalon violet et sépare en tas ce qui ressemble à des housses à vêtements.

Confus, je cherche Grant dans le salon et le trouve sur le balcon, en train de parler sur son téléphone portable, Manhattan en toile de fond scintillante autour de lui. Ne voulant pas qu'il me voie avec le vibromasseur pour l'instant, je le cache derrière un lourd tome sur l'étagère.

"Euh..." Je remets mes cheveux derrière mon oreille et avance dans l'immense espace de vie, mes pieds s'enfonçant dans un tapis somptueusement doux, blanc et gris, comme presque tout le reste dans le penthouse – à part ma chambre. "Salut, je m'appelle Sienna." Je sens, plutôt que de voir, Grant mettre fin à son appel sur le balcon et je regarde par-dessus, le trouvant en train de m'observer depuis l'ombre. Je reporte mon attention sur la femme en violet. "Que se passe-t-il?"

« Ah, mon amour. Je m'appelle Janice ! Je viens de Paris ! chante la femme en me prenant la main et en me faisant tourner en rond. «Laisse-moi te regarder. Quelle beauté! Monsieur Foster m'a informé que vous étiez plus beau dans les pastels et je dois être d'accord avec cette évaluation. Elle tape dans ses mains. "Je suis là pour t'habiller, chérie."

"Tu as besoin de vêtements d'été", gronde Grant, venant de l'extérieur. Il y a une bruine de pluie sur les épaules de sa chemise blanche boutonnée. En chemin vers nous, il retrousse ses manches pour révéler ses avant-bras cordés et j'essaie de ne pas baver. Lorsque Grant nous rejoint, lui et moi nous regardons pendant un moment lourd, son expression ne révélant rien. "Elle aura ce qu'elle veut." Il jette un coup d'œil à Janice. « Ne la laisse pas te dire qu'elle n'a pas besoin de quelque chose. Je veux qu'elle ait tout.

"Mais j'ai déjà des vêtements d'été."

"Vous en recevez de nouveaux."

"Pourquoi?"

"Mon amour", coupe Janice en ricanant. « Laissez l'homme faire ce qu'il veut. Il sera heureux. Vous aurez de jolis vêtements neufs. Tout le monde gagne ! »

Janice retourne trier les housses à vêtements et je me tiens au centre du salon, sans savoir quoi faire de mes mains. Grant s'assoit sur l'un des canapés bas en cuir gris, à environ dix pieds de moi, les jambes tendues devant lui.

"Vas-tu regarder?" Je respire.

« Mais bien sûr, il regardera. Vous portez des vêtements pour qu'il soit incité à les enlever, non ? » Le rire de Janice est paillard. "Autant avoir son avis."

C'est alors que je réalise que Janice ne sait pas que Grant est mon demi-frère.

Ses yeux captent et fixent les miens, me regardant arriver à cette conclusion.

Un muscle tique dans sa mâchoire.

J'ai soudain tellement chaud que j'aimerais pouvoir sortir et me tenir sous la pluie pour me rafraîchir. Mais cela signifierait quitter la présence magnétique de Grant et je ne veux pas de ça, alors je reste sur place.

"Commençons par quelques robes, conçues par votre serviteur", dit Janice. « Désormais, inutile d'être modeste. Nous sommes tous amis ici. Même si j'entends ce que Janice dit, je ne suis absolument pas préparée lorsqu'elle enlève ma chemise de nuit, me laissant avec rien d'autre qu'une minuscule culotte rose et mes seins nus exposés.

En parlant de Grant, il émet un sifflement en s'asseyant en avant sur le canapé.

Mon envie est de me couvrir, mais je ne le fais pas.

Non, parce que je suis censé l'épuiser et peut-être, juste peut-être, que l'arrivée inattendue de Janice m'aidera dans cette entreprise.

"Levez les bras", dit Janice en laissant tomber une robe en soie bleu ciel sur ma tête. Il caresse ma peau et s'arrête jusqu'à mes chevilles. Elle resserre le dos et le décolleté se resserre davantage, présentant mes seins. "C'est ravissant avec ta coloration, Sienna. Tu ressembles a une princesse!"

"Oui", dit Grant, l'air tendu. "Elle fait."

«J'adore cette robe», dis-je à Janice, sans détourner mon attention de mon demi-frère. «Mais j'adorerais essayer quelque chose de plus court. En fait, plus c'est court, mieux c'est.

La façon dont l'œil droit de Grant tremble ne me manque pas.

« Plus court que le caractère d'un Français ! Oui m'dame." Derrière moi, Janice fouille dans les housses à vêtements. «À venir!»

Cette fois, elle m'enfile une mini-robe argentée sans bretelles qui touche à peine le haut de mes cuisses. Il y a un corset intégré qui remonte mes seins haut, la matière épousant mes courbes comme une seconde peau. "Que penses-tu de celui-ci, Grant?" Avec beaucoup de confiance que je ne ressens pas nécessairement, je m'avance pour me tenir entre ses jambes tendues et passer mes mains sur le devant de mon corps, sur les pentes de mon décolleté. "Aimez-vous?"

"Bien sûr," grogne-t-il. "Si tu comptes ne jamais quitter cette putain de maison."

"Oh, c'est un jaloux", chantonne Janice derrière moi.

"Jaloux?" Grant secoue lentement la tête. "Tu n'as aucune idée."

"Pourquoi tu ne me le dis pas, alors ?" Je chuchote.

Quand Grant se contente de plisser les yeux, je décide qu'il est temps de sortir les plus gros canons. « Tu as dit vêtements d'été, n'est-ce pas, Janice ? Vouliez-vous aussi dire des maillots de bain ?

"Oui mon amour! J'ai plusieurs couleurs et styles !

Grant desserre la cravate autour de son cou avec des mouvements délibérés. "Si je ne le savais pas, je dirais que tu essaies de m'énerver, princesse."

Me sentant audacieuse, je pose mes mains sur ses cuisses et me penche en avant, regardant son intérêt éclater à la vue de mes seins si près de sa bouche. "Personne ne vous oblige à regarder."

« C'est là que tu as tort. Tu m'obliges à regarder en étant si magnifique, Sienna. Je ne pourrais pas te quitter des yeux si j'essayais. Il me regarde de haut en bas. « Et j'ai essayé de ne pas regarder. J'ai essayé d'être noble et de rester à l'écart – et j'ai échoué. Je suis tellement près d'avoir fini d'essayer.

"A quelle distance?" Je murmure, oscillant légèrement sous son intensité.

"Très. Fermer." Grant mord. "Ne me pousse pas."

Le fait qu'il soit sur le point de perdre le contrôle et de me toucher est une musique à mes oreilles. Jusqu'à aujourd'hui, je n'étais même pas sûre que Grant me trouvait attirante. Je savais qu'il tenait beaucoup à moi. Je savais que son corps réagissait à la proximité du mien. Mais ce qu'il me montre maintenant est nouveau. Une toute nouvelle facette de mon demi-frère qui me fait me demander ce qu'il cache sous la surface.

Je vais le découvrir.

«J'adorerais essayer un bikini», dis-je par-dessus mon épaule. « As-tu du rouge ? Ou rose ?

"J'ai les deux!" Quelques craquements de plastique. «J'ai un bikini string rose avec des petits coeurs rouges dessus. Regarder! C'est précieux !

En fait, je tombe amoureuse du bikini au premier coup d'œil. C'est fantaisiste et sexy et je ne peux pas imaginer le porter et être moins confiant. Je reste immobile pendant que Janice m'enlève la robe argentée, puis je prends une profonde inspiration et laisse ma culotte tomber sur le tapis du salon. Je sens le regard affamé de Grant sur moi tout en remontant le bas du string, la fine bande de tissu rouge séparant mes fesses. J'entends son faible gémissement lorsque j'attache les ficelles du haut et que je secoue un peu mes seins pour m'assurer qu'ils sont bien en place.

Finalement, je me tourne et fais face à Grant où il est assis sur le canapé. Il ne prend même pas la peine de cacher la chair dure qui recouvre son pantalon de costume. Ou l'avertissement dans ses yeux.

Sachant qu'il ne me ferait pas de mal si sa vie en dépendait, je me sens cependant totalement en sécurité en narguant l'œil du cyclone. Pendant que Janice est distraite, je donne un peu plus d'élan à mes hanches et me dirige vers le canapé, m'asseyant sur les genoux de Grant, rentrant mes fesses dans la région de son aine et sentant l'énorme crête de sa virilité.

« Bon sang », dit-il en expirant, en remontant les hanches. «Ne me fais pas ça, princesse. Nous y sommes presque parvenus. »

"Je l'ai fait où?" Je n'attends pas qu'il réponde, mais me retourne sur ses genoux, provoquant un autre grognement de cette bouche parfaitement masculine. Je suis tout à fait prête à ronronner quelque chose de séduisant à son oreille, mais à la place je dis : « Tu n'es pas venu pour ton câlin aujourd'hui.

Ses yeux se ferment brièvement. "Croyez-moi, ça m'a manqué plus que vous." Il passe une main sur ma cuisse nue, la pose sur ma hanche, me berce contre lui et serre les dents. "J'attends avec impatience ce moment avec toi chaque jour plus que je n'ai jamais attendu quoi que ce soit dans ma vie."

Certaine qu'il est sur le point d'admettre qu'il me désire – ou peut-être même qu'il m'aime –, je sais que je dois insister. Épuisez-le. S'il se montre noble pour moi, il doit savoir que ce n'est pas nécessaire. "Alors ne pars plus", je murmure contre sa bouche. « Allonge-toi avec moi, embrasse-moi et enlève mes vêtements... »

"Tu ne peux pas encore prendre cette décision", dit-il durement, ses doigts s'écartant sur mon ventre et se déplaçant plus haut, vers mes seins. "Je suis ta gardienne, Sienna."

"Tu es ma Grant", je sanglote, écartant les triangles de mon haut de bikini et laissant ressortir mes tétons. "Tout le reste n'est que des détails."

"Peut-être pour toi", s'étrangle-t-il, son regard me dévorant vivant, du bout de mes seins jusqu'au bout de rouge cachant à peine ma féminité. "Mais que Dieu m'aide, je dois faire les choses correctement."

"Il n'y a rien de plus juste que toi et moi."

Ses doigts effleurent mon mamelon droit et je me cambre en miaulant. « Avec le temps, vous aurez raison », râle Grant. "Mais je pense que vous oubliez que nous avons un public."

Il a raison. J'ai complètement oublié. Assis sur les genoux de Grant, vêtu d'un simple bikini à cordes et bénéficiant de toute son attention et de son contact, c'est le paradis sur terre et tout le reste est passé au second plan. Les joues brûlantes, je regarde Janice et la trouve détournée alors qu'elle prend quelques notes sur un bloc de papier. D'une minute à l'autre, elle pourrait nous jeter un coup d'œil. Grant et moi n'aurons pas longtemps cette illusion d'intimité, mais seigneur, je ne veux pas quitter ce sanctuaire. Son érection est énorme contre mes fesses et je ne peux plus essayer de vêtements alors que chaque centimètre carré de ma peau est extrêmement sensible. J'ai besoin de plus. J'ai besoin de nourrir mon corps quoi qu'il arrive.

Pas de risque, pas de gloire.

Je lève la main et passe mes doigts dans ses cheveux, les tordant un peu sur ses genoux. "J'ai reçu ton cadeau", je murmure. "Merci."

"Vous êtes les bienvenus." Ses doigts glissent légèrement de haut en bas de ma cuisse, se rapprochant dangereusement de mon monticule. "Ne t'habitue pas à en posséder un."

« Comment puis-je m'habituer à mon cadeau quand je ne sais pas m'en servir ?

"Tu ne sais pas comment..." Sa bouche se dessine en une ligne sombre. "Terre de sienne."

D'accord, donc il est sceptique. Mais je ne ment pas à cent pour cent. Jusqu'à ce que je lise les instructions, je ne connaissais même pas la fonction de la baguette dorée. Alors je lance à mon demi-frère le regard le plus innocent et les yeux écarquillés possible et je continue de jouer avec ses cheveux. « Est-ce un masseur de dos ? Je veux dire... je suppose que ça pourrait m'aider à dormir, mais... »

"Tu sais très bien ce que c'est."

Je secoue la tête, envoyant des cheveux blonds s'enrouler autour de mes seins et de mes épaules. Il le regarde s'organiser avec une fascination ravie, ses doigts tremblants se rapprochant de plus en plus de la jonction de mes cuisses. « Non, je ne le fais pas. Me montreras-tu?"

La sueur commence à lui monter au front et je ne pense pas avoir jamais vu Grant Foster, le suzerain de Wall Street, aussi énervé. Son excitation est si forte maintenant qu'elle est coincée entre mes fesses et la position est bien plus agréable que ce à quoi je m'attendais. Je me tortille dessus et il grogne. "Tu me tues, petite fille."

Pour une raison quelconque, lorsque Grant m'appelle « petite fille », quelque chose de chaud et de délicieux s'enroule en moi, comme un serpent s'apprêtant à frapper. Il n'a jamais utilisé cette affection avec moi auparavant. C'est toujours "princesse". J'aime qu'il m'appelle « princesse ». Mais le terme « petite fille » me fait me sentir petite, chérie et girly. Je veux qu'il le répète encore et encore.

« Je ne veux plus essayer de vêtements. Tu me gâtes déjà tellement," murmurai-je en posant ma tête sur sa poitrine frissonnante et en jouant avec les boutons de sa chemise. "Tu me donnes presque tout ce que je veux."

Grant se raidit. "Presque?"

Le regardant, j'acquiesce. «Je veux des bisous. De juste toi. Une humidité chaude se presse derrière mes yeux. "Quand je ne les reçois pas, je me sens triste."

"Non." Une partie de la couleur quitte son visage. « Non, princesse. Ne sois pas triste. Je ne peux pas le supporter.

Contre ma volonté, davantage d'humidité jaillit dans mes yeux.

Il fait un bruit dur. Sans détourner son attention de moi, il appelle Janice. « Elle en prendra un de tout. Des chaussures assorties. Finalement, le bout de ses doigts effleure mon sexe et je sursaute, reprenant mon souffle. « Laissez-nous », crie-t-il.

Nous nous regardons pendant que Janice rassemble ses affaires et clique depuis la pièce sur ses talons hauts. Au loin, j'entends la porte de l'appartement se fermer et nous nous retrouvons seuls. Grant se penche, son regard fixé sur ma bouche, mais au lieu de rapprocher nos bouches, il m'allonge sur le canapé et se lève. Il me laisse regarder par-dessus l'épaisse crête de la jambe de son pantalon, la caressant une seule fois avec sa grosse main avant de se tourner pour traverser la pièce à grands pas. Ma bouche s'ouvre lorsqu'il retire la boîte du vibromasseur de l'étagère et revient vers moi.

"Je suis conscient de tes mouvements à tout moment, Sienna", dit-il d'une voix traînante, posant un genou sur le canapé et l'autre entre mes jambes. "N'oubliez pas ça."

Je devrais être gêné d'avoir été surpris en train de faire de la contrebande de jouets sexuels, pas excité par le fait que mon demi-frère ait conscience de moi.

Ma faute.

Grant me regarde avec des yeux plissés tout en ouvrant la boîte, en sortant la baguette en or et en jetant l'emballage de côté. Puis il le pose près de ma cuisse et desserre sa cravate, l'enlève et la laisse tomber sur le sol, le laissant dans la chemise blanche à manches retroussées et un pantalon de costume noir. Sa virilité, sa puissance et sa beauté masculine me maintiennent cloué au canapé alors qu'il se penche sur moi, recouvrant à moitié mon corps du sien. «Maintenant tu sais, Sienna. Pendant tout ce temps, tu aurais pu me briser en larmes. Il me presse contre les coussins de son poids, gémissant lorsque le bas de notre corps se serre l'un contre l'autre. "Je démolirais mon empire et je vendrais les pièces à la ferraille pour t'empêcher de pleurer." Sa bouche se pose contre la mienne et un frisson parcourt ma colonne vertébrale. « Comment comptez-vous utiliser votre arme contre moi, petite fille ?

Il y a encore cette affection. Cela retourne un nouveau sol en moi et je trouve mes cuisses s'écarter plus largement, ma voix émergeant dans un ronronnement innocent contre ses lèvres partiellement ouvertes. "Pour te faire jouer avec moi." Je frotte la voûte plantaire de haut en bas des muscles de ses mollets. "Pour que tu m'embrasses." Sans rompre le contact de nos bouches, je ramasse le vibromasseur doré et l'enfonce dans sa prise. "Pour que tu m'apprennes ce dont j'ai besoin."

Son gémissement est guttural. Une reddition.

Et puis mon demi-frère m'embrasse pour la première fois.

Un feu d'artifice explose et s'épanouit dans mon ventre, mes pensées se brouillant en des touches de couleurs et de sons. Sa texture est à la fois rugueuse et lisse, sa barbe nocturne m'abrasant le menton tandis que sa langue m'adoucit de l'intérieur. Je suis son sacrifice humain. C'est ici que j'ai envie de mourir, sous lui sur le canapé, conquis par sa bouche. Et Seigneur, est-ce qu'il vainc. Les bruits de faim venant du plus profond de sa poitrine et de sa gorge donnent vie à mes gémissements alors qu'il penche la tête d'un côté, puis de l'autre, me goûtant profondément et sans douceur. Pendant tout ce temps, il traîne son érection d'un côté à l'autre contre ma hanche droite, frottant là cette chair turgescente, devenant de plus en plus insistant jusqu'à ce qu'il me baise.

Finalement, il rompt le baiser avec un grognement et presse son front contre le mien. "J'ai passé un an à me demander quel goût tu aurais quand j'ouvrirais enfin ces jolies lèvres et te parlerais, Sienna. D'une manière ou d'une autre, tu es encore plus gentil que je ne l'aurais jamais imaginé. Il me lèche la bouche en gémissant tandis que nos langues se rencontrent et se frottent l'une contre l'autre. "La première fois que nous nous sommes rencontrés, tu m'as embrassé sur la joue avec ces lèvres douces et roses et j'ai presque tourné la tête et je t'ai mangé vivant, juste devant nos parents. J'ai faim de cette putain de bouche, princesse. Chaque mot qui en sort, chaque morceau de nourriture qu'il mâche est une raillerie directement dirigée contre moi.

Ses paroles sont une symphonie pour mes sens. "J'attendais juste de te le donner."

"Ne vous y trompez pas, votre bouche a été la mienne tout ce temps." Il encadre ma mâchoire d'une main. "Tout est à moi, putain."

"Oui", je respire.

«Cela vaut pour chaque centimètre de vous. Du sommet de votre tête jusqu'à vos petits orteils. Sa main se resserre juste un peu sur ma mâchoire, inclinant ma tête vers le haut pour que je croise son regard. "Tu es la parfaite petite princesse de ton frère."

Si je pensais auparavant que la douleur entre mes jambes était intense, je n'avais aucune idée à quel point cela pourrait s'aggraver. Chaque mot qui sort de la bouche de Grant me serre le cœur et produit de l'humidité. Je suis mouillée et je tremble dans mon bas de bikini, incapable de maintenir mes cuisses immobiles là où elles entourent les hanches de Grant. "Es-tu... tout à moi, cependant ?" Je demande, exprimant l'inquiétude qui me tourmente depuis que je m'en souviens. "Ou y en a-t-il d'autres, euh..."

Pendant un moment, il semble presque perplexe face à ma question, mais la compréhension se fait jour et cède immédiatement la place à l'incrédulité. "Les autres femmes n'existent pas pour moi, Sienna", dit-il durement, comme si l'idée même de toucher quelqu'un d'autre le dégoûtait. Savoir qu'il a été fidèle à la relation que je désirais dans ma tête me donne d'autant plus de mal à ce qu'il me possède pleinement.

"J'ai mal partout", je halete. "J'ai besoin..."

"Chut", souffle-t-il contre ma bouche, sa main s'éloignant de ma mâchoire. «Je prends soin de toi de toutes les manières possibles. Et très bientôt, Sienna, tu vas aussi découvrir ce que signifie prendre soin de moi. C'est ainsi que vous passerez vos matinées, vos nuits et vos week-ends. Prendre soin de moi depuis ton dos ou tes mains et tes genoux.

Un autre feu d'artifice éclate sous mon nombril. Pouah. «Je veux commencer maintenant», je sanglote.

"Non. J'ai fait mon vœu et je ne le romprai pas," grince-t-il, me privant de toute réflexion avec un autre baiser dur. "C'est déjà assez grave que je baise à sec ton petit corps à moitié nu." Mes désaccords s'apaisent lorsque j'entends un bourdonnement. Le silence est presque imperceptible, mais je peux sentir la vibration dans la main de Grant. Cela me traverse et me fait gémir. "Mais je ne peux pas refuser à ma princesse quelque chose dont elle a besoin, alors ouvre tes cuisses et laisse-moi satisfaire la chatte vierge de ma fille."

Je suis aveuglément ses instructions, regardant la longueur de mon corps se tordant, m'émerveillant de la différence de taille entre moi et mon demi-frère. Quelle puissance en laisse son corps rayonne alors qu'il se déplace d'un côté, descend entre mes jambes écartées et touche doucement, donc, si doucement le vibrateur rapide sur mon clitoris à travers le bas de bikini.

Mon cri est si inattendu qu'il reste coincé dans ma gorge. Les flammes me lèchent le torse et je n'arrive pas à remplir mes poumons. Mes cuisses se rapprochent, mais Grant enlève le bourdonnement époustouflant lorsque je fais cela, alors je les ouvre à nouveau et je gémis pour en savoir plus.

"Regarde ces jolis seins d'écolière", dit-il d'une voix rauque. "Sortant de ce petit bikini. J'adorerais te baiser à l'aveugle maintenant, princesse.

"Oui." Je tords mes doigts dans sa chemise. "Oui."

"Est-ce que ta chatte s'est mouillée en paradant devant moi avec rien d'autre que des ficelles ?"

"Oui."

"Oh, je sais, petite fille." Il glisse le vibromasseur dans mon bas de bikini et l'appuie fort sur mon clitoris. "Je peux le sentir."

"Accorde," je gémis. « S'il vous plaît, ne vous arrêtez pas. S'il te plaît."

Il appuie sur un bouton de l'appareil et celui-ci commence à pulser. Oh mon Dieu. Oh mon Dieu. C'est la torture la plus incroyable. Affreux et étonnant à la fois. "" Ton premier orgasme était censé s'infiltrer partout dans ma bite, Sienna. Mais tu as une chatte excitée qui a besoin d'attention maintenant, n'est-ce pas ? Il introduit la courbe arrière du vibrateur jusqu'à mon entrée, le rentrant juste à l'intérieur et frottant l'anneau sensible de la peau, faisant cambrer mon dos sur un autre cri. "De qui a-t-il besoin, princesse?"

"Toi." Mon corps se tord et se tord sur le canapé. "Il a besoin de toi, papa."

Mes yeux s'ouvrent brusquement dans un halètement choqué et se fixent sur ceux de Grant. Une vague chaude de satisfaction primaire irradie de son corps musclé, mais je le regarde lutter pour la maîtriser, non sans un effort concerté. Est-ce que j'ai fait quelque chose de mal? Pourquoi ne dit-il rien ?

"Je n'ai pas..." je balbutie, mon corps se rapprochant toujours du nuage neuf malgré l'agitation dans ma poitrine. "Je-je ne sais pas pourquoi j'ai dit ça."

"Oh oui, tu le fais. Ça prend du temps », mord Grant en me massant avec le vibromasseur. "Tu ne m'appelleras pas ton papa et tu ne le reprendras pas." Il commence à secouer légèrement l'appareil, directement au-dessus de mon clitoris. Et comme si cela ne suffisait pas à me pousser au-delà de mon point de rupture, mon demi-frère se penche et passe ses dents sur mon téton, le suçant dans sa bouche. "Donne-moi cette crème tout de suite, Sienna, avant de faire quelque chose que je ne pourrai pas reprendre."

Je suis au bord de ce qui promet d'être un bonheur incroyable depuis quelques minutes, mais c'est comme si j'attendais que Grant exige que je lâche prise. Dès qu'il le fait, je me mords la lèvre et me jette dans la tempête. J'absorbe cette tempête dans mon ventre et elle avance de plus en plus bas, jusqu'à ce que mon sexe se serre très fort, si fort, et qu'un immense flot de soulagement me traverse. Ça chatouille, ça fait mal, ça ravive. C'est tout.

Tandis que je tremble comme une feuille, je m'accroche au son de la voix de Grant, mais je n'arrive pas à distinguer les mots, seulement que je suis réconforté de l'avoir près de moi. J'aurais aimé qu'il s'approche, mais le plaisir qui parcourt mon corps est trop intense pour être distrait. Je suis submergée par des vagues après vagues de plaisir indescriptible, mes mains se tordant dans le tissu de la chemise de Grant. Et puis je deviens tout simplement mou, ma vision clignant de l'œil et s'assombrissant.

J'ai la moindre conscience de Grant me soulevant dans ses bras et m'emportant hors du salon. J'ai envie de lui demander de m'embrasser pour me souhaiter une bonne nuit et de rester avec moi, mais... il y a une inquiétude qui monte dans mon ventre parce que j'ai fait – ou dit – quelque chose de mal. Ou que j'ai poussé Grant alors que je n'aurais pas dû. Lorsqu'il m'installe dans mon lit et me borde sous les couvertures, je me console en pensant que tout ira bien demain.

Mais demain, ce n'est pas bien.

C'est le contraire de bien.

CHAPITRE 4

Je n'ai pas vu Grant depuis cinq jours.

Mon monde est à l'envers et s'effondre dans les toilettes.

L'énergie m'échappe. Sortir du lit est un effort et je n'ai pas d'appétit. Je n'arrive pas à me concentrer en classe et mes instructeurs m'ont demandé à plusieurs reprises si j'allais bien. Je pense qu'ils ont peur que je m'effondre et que je leur fasse à nouveau tomber mon demi-frère en colère sur la tête.

Si quelque chose m'arrivait, est-ce qu'il s'en soucierait encore ?

L'année dernière, je n'ai jamais passé un jour sans voir Grant. Que ce soit au petit-déjeuner, lors de notre câlin du soir ou au dîner. Sur le canapé pendant que je lisais et qu'il travaillait sur son ordinateur portable. Sa maison est devenue la mienne, mais seulement parce qu'il y était. Maintenant? Pour autant que je sache, il n'a pas mis les pieds dans le penthouse depuis la nuit où nous avons déconné sur le canapé.

Depuis la nuit où je l'ai appelé papa.

En marchant dans le couloir de l'école de fin d'études en direction de la classe de correspondance élégante avec ma douzaine de gardes du corps qui m'entourent de tous côtés, je laisse tomber mon visage dans mes mains et je gémis. Je n'arrive pas à croire que j'ai appelé Grant comme ça. Je veux dire, je venais d'accomplir l'exploit herculéen de le convaincre de m'embrasser, puis j'ai laissé échapper les mots vilains et interdits de mon subconscient. Était-il horrifié ? Pense-t-il que m'amener vivre avec lui était une erreur ?

Et s'il prend d'autres dispositions pour moi au moment où nous parlons ?

Je m'arrête devant mon casier, saisis la combinaison, ouvre la porte et passe la tête à l'intérieur. Mes gardes du corps se demandent probablement ce qui ne va pas chez moi, mais le premier jour de leur travail, Grant a interdit de me parler à moins que je sois en danger, alors les gros meurtriers se tiennent tranquillement à côté de moi. Très bien pour moi. De toute façon, ça fait mal de parler.

Grant me manque. Beaucoup. Chaque seconde sans savoir s'il est en colère ou dégoûté contre moi est comme un coup de poing dans le ventre. C'est une agonie et je n'ai même pas la force de marcher jusqu'à mon prochain cours, encore moins de participer à la conférence et à la discussion. Est-ce qu'un autre jour s'écoulera vraiment sans que Grant vienne me voir ?

Les épaules affaissées, je passe mes doigts le long du collier de diamants que je porte. Je l'ai mis ce matin pour me sentir proche de Grant, mais ça ne marche pas. Je ressemble juste à un squelette triste et pathétique dans un bijou à cent mille dollars.

"Qu'est-ce que tu fais là-dedans, Sienna?" La voix d'Ophélie me fait sursauter et je frappe ma tête contre l'étagère du haut, la faisant grimacer. "Aie. Êtes-vous d'accord?"

"Ouais." En frottant le point sensible de ma tête, je me tourne vers elle avec un sourire fabriqué que je n'arrive pas vraiment à réussir. "Je suis magnifique."

Elle hausse un sourcil. "Personne n'a jamais eu l'air plus malheureux en prononçant ces mots."

« Pouvez-vous me donner une idée de ma mauvaise humeur ? Tu es mon seul ami et je ne veux pas t'effrayer.

Ophélie baisse la tête en souriant. "Je n'ai pas peur facilement."

"Bien. Parce que je dois te dire quelque chose. Vous donnez de terribles conseils.

Elle grimace. "Vous avez essayé d'épuiser Monsieur Foster, n'est-ce pas ?"

"Oui. Et ça se passait extrêmement bien. Jusqu'à ce que ce ne soit plus le cas.

Mon amie commence à passer un bras autour de moi, mais l'agent de sécurité le plus proche grogne et elle réagit comme si elle avait été brûlée, lui retirant le bras. Après avoir lancé un regard censuré au garde, nous

nous appuyons tous les deux contre les casiers, tenant nos livres contre notre poitrine. Du coup, l'idée de continuer mes cours aujourd'hui me paraît totalement inacceptable. Je me sens agité et enfermé. Confus, triste... et les débuts de la colère commencent à pointer leur vilaine tête. Comment Grant a-t-il osé m'embrasser avec autant de gourmandise et me mettre au lit avec tant de soin... avant de m'abandonner ! Oui, maintenant que j'y pense, j'aimerais lui mettre un coup dans l'œil !

J'ai donc commis une petite erreur. La famille n'est pas censée vous laisser flotter au vent comme une vieille manche à air, quoi que vous fassiez. Il m'a donné un foyer et de l'amour. Puis il l'a emporté. C'est de sa faute si je suis seul. S'il m'avait laissé avec les femmes de ménage de ma mère, je n'aurais jamais su à quel point cela pouvait être merveilleux que quelqu'un se soucie de moi. Maintenant que je le fais, c'est horrible de se retrouver sans un mot.

«Je dois sortir d'ici», je murmure du coin de la bouche à Ophélie. « Si Grant ne veut pas de moi, ce n'est pas grave. Mais je ne vais pas supporter son contingent de gardes du corps alors qu'il s'est lavé les mains de moi. C'est juste que... j'ai besoin d'aller quelque part où je peux réfléchir. Où je ne suis pas entouré de rappels constants de lui.

"Je t'entends fort et clair." Ophélie repousse ses cheveux d'un geste décontracté. « Vous savez, il y a une fenêtre dans le salon des professeurs. Pas de barreaux – et cela mène à une issue de secours. Je pense qu'ils aiment sortir une cigarette de temps en temps. Elle hausse les épaules. "Cinq étages d'escaliers et vous êtes sur West Broadway."

Un rire monte dans ma gorge. "Comment sais-tu cela?"

«J'ai dû échapper à un cours d'équilibrage de chéquier une fois», raconte Ophélie. "Je ne sais pas bien en mathématiques."

"Droite." Je soupire. « N'y aura-t-il pas des instructeurs dans la salle des professeurs ?

"Oui. Mais si vous me le demandez gentiment, je peux faire diversion. Elle se penche et me chuchote à l'oreille. "Voici le plan..."

Cinq minutes plus tard, je suis dans les toilettes des femmes. En attendant. Je vérifie l'heure sur mon téléphone portable. Une heure. Juste au bon moment, j'entends un fracas, puis le cri d'Ophélie résonne dans le couloir principal. Ma jambe. Oh mon Dieu, je crois que je me suis cassé la jambe.

Je jette un coup d'œil par la porte de la salle de bain et, comme elle l'a dit, tous mes gardes du corps font face, observant l'agitation. De l'autre côté du couloir des toilettes, la porte du salon des instructeurs s'ouvre brusquement et plusieurs d'entre eux volent au secours d'Ophélie, laissant le salon vide. Aussi silencieux que possible, je sors de la salle de bain et traverse le couloir sur la pointe des pieds pour me cacher dans le salon.

Mon cœur bouge comme un hamster sur une roue. Je n'ai jamais rien fait de tel à distance. Je suis une fille bien. Je respecte les règles. Mais je ne veux pas revenir en arrière. Je ne mentais pas quand j'ai dit que je devais m'éloigner des rappels de Grant avant qu'ils ne réduisent en poussière mon cœur brisé. C'est un besoin urgent et pour l'instant, je suis mes impulsions et je vis l'instant présent.

Lorsque j'ouvre la fenêtre, ma confiance vacille. Cinq étages ne semblent pas grand-chose en théorie, mais nous sommes loin du sol. Rassemblant mon courage, je descends et commence ma descente vers la rue. On dirait que cela prend une éternité, mais avant que je m'en rende compte, il ne reste plus qu'un étage à parcourir. Et bien sûr, c'est à ce moment-là que je suis découvert. Il y a un cri venant de la fenêtre au-dessus et j'accélère le pas, je saute au sol avec un cri et je me mets à courir.

J'évite les hommes d'affaires en costume et un groupe de touristes, en accrochant un rapide droit au coin. Je zigzague dans les rues à sens unique pendant une bonne dizaine de minutes jusqu'à ce que je sois sûr que mes chances d'être découvert sont réduites à néant. Mes côtés se soulèvent sous l'effort lorsque j'entre dans un parc et que je tombe sur un banc. L'adrénaline me chatouille les côtes et je n'y peux rien, je suis plutôt impressionné par moi-même. J'ai fait un plan et je l'ai exécuté. Et ce faisant, je me suis surpris. J'ai découvert de quoi je suis capable.

Allez l'équipe Sienna.

Les prochaines heures seront entièrement consacrées à moi. J'ai de l'argent dans ma chaussette et je l'utilise pour acheter une glace, du chocolat avec des pépites arc-en-ciel. Je marche vers le West Side et flâne le long de l'Hudson, sautant sur la Highline pour une meilleure vue. S'il semble que beaucoup de gens – principalement des hommes – me regardent, cela doit être dû à mon imagination. Je ne suis pas sorti seul depuis longtemps. Peut-être que j'ai juste oublié à quel point les gens aiment regarder les gens.

Quand le soleil commence à se coucher, j'arrive à Greenwich Village et décide de me reposer sur le perron d'un brownstone. Une fois de plus, j'ai l'impression étrange que chaque homme qui passe me regarde un peu trop longtemps, mais je suis distrait de cette préoccupation lorsqu'un jeune homme s'assoit à côté de moi sur le perron.

"Salut," dit-il en faisant un clin d'œil.

Je retiens mon envie de regarder derrière moi, juste au cas où il parlerait à quelqu'un d'autre. "Salut."

Il fait un signe de tête par-dessus son épaule. "C'est ma maison."

"Oh!" Je me lève d'un coup et son regard gravit mes jambes nues avec intérêt, s'éclairant d'une manière qui me met mal à l'aise. "Je suis désolé. J'allais seulement rester assis ici pendant une minute. Je vais juste-"

Avant que je puisse m'éloigner, l'homme se lève également. "Non je t'en prie. C'est bon. C'est évidemment mon jour de chance. Il s'approche un peu et fait un clin d'œil. Encore. « Entrez. Je vais vous faire faire le grand tour.

"Je-je ne pense pas que ce soit une bonne idée—"

« Y a-t-il une nouvelle école privée par ici ? m'interrompt-il en me regardant avec une expression indiscernable. « Je ne vois pas beaucoup de filles dans cet uniforme particulier. Et bien sûr, aucun d'entre eux ne te ressemble, ma chérie. Pas même proche.

L'alarme retentit dans mon ventre et je recule vers l'avenue principale, mais il me suit.

« Allez, je peux te payer. Tout ce que tu veux," dit l'homme d'une voix basse et pressante, en tendant la main vers mon bras. Le saisir. "Relève juste la jupe et laisse-moi me branler sur ces jambes..."

Les pneus crissent.

Le son est si fort que je saute d'un pied en l'air, délogeant la main de l'homme. Mon regard se tourne vers la rue pour comprendre ce qui se passe. Il y a quatre SUV noirs – ceux dans lesquels mes gardes du corps me transportent – et je sais que j'ai été retrouvé. Ce à quoi je ne m'attends pas, c'est que Grant se jette hors du premier SUV et laisse échapper un rugissement. C'est suffisamment déchirant pour envoyer tout le monde se disperser sur le trottoir et me faire reculer de quelques pas.

Sa cravate est lâche et de travers, ses cheveux en désordre, ses yeux fous.

À ce moment-là, je me rends compte que je me trompais complètement.

Mon demi-frère tient toujours beaucoup à moi.

"Euh oh," je murmure. "J'ai des problèmes."

"Quoi?" » dit l'homme à côté de moi, la voix tremblante de peur. "Tu le connais?"

«Ne lui parle pas», grogne Grant, après avoir atteint le trottoir. Il ne perd pas de temps et enfonce son poing dans le visage de l'homme – et celui-ci tombe comme un sac de pommes de terre, du sang giclant sur le sol. Cependant, Grant ne s'arrête pas. Il se penche et tire l'homme par le col, lui arrivant au visage. « Personne ne la touche. Personne. Vous mourrez pour votre erreur.

"Accorde, non," je respire, passant à l'action. Même mon puissant demi-frère ne peut pas échapper à une accusation de meurtre. Probablement. Je passe mon bras sous le sien et essaie de le retirer, mais il semble envisager de manger le visage de l'homme pour le dîner. "Je vais bien. Regardez-moi. Je vais bien."

"Sienna", dit-il sans me regarder. "Monte dans cette putain de voiture."

Oh non. Certainement pas. Il ne va pas me donner d'ordre après avoir disparu au combat pendant cinq jours sans explication. «Ne me parle pas comme ça», lui crie-je.

Sa tête se tourne lentement dans ma direction, un seul sourcil arqué. « Veux-tu vraiment me tester maintenant, princesse ? » râle-t-il.

Je croise les bras. "Ouais."

Il jette l'homme au sol avec une force considérable. Fait un pas dans ma direction. Et avant de pouvoir me préparer, je me pends comme une nouille molle par-dessus son épaule. Dans un autre lieu et à une autre époque, j'apprécierais peut-être d'être face à face avec les fesses pour en finir avec toutes les fesses, mais pas maintenant. Tout ce que je vois, c'est du rouge. "Je ne vais nulle part avec toi."

Il rit.

Des rires.

Il n'y a pas d'humour dans le son, seulement un avertissement de ce qui va arriver, et quelques secondes plus tard, je suis à l'intérieur du SUV, la porte claquant derrière nous. Grant s'installe sur le siège en cuir à côté de moi et, apparemment calme, se penche en avant pour communiquer quelque chose au membre du personnel de sécurité assis sur le siège passager avant. L'homme quitte le véhicule et je l'aperçois seulement s'approcher de mon agresseur potentiel où il continue de saigner sur le trottoir, car le SUV se met en mouvement. Je me sens presque mal pour ce gars.

Grant appuie sur le bouton au-dessus de sa tête pour relever la cloison, nous coupant ainsi du conducteur. Ensuite, nous sommes seuls. L'atmosphère devient étrangement calme à l'intérieur du véhicule alors même que le paysage urbain commence à défiler devant les fenêtres.

"Il y a une raison pour laquelle je te garde 24 heures sur 24, Sienna", dit Grant les dents serrées. « As-tu une idée de l'image que tu fais, ma petite princesse blonde, te promenant dans la ville en uniforme ? Les hommes vous encerclaient comme des vautours.

Je lève le menton et regarde par la fenêtre, refusant d'admettre que Grant a raison sur ce point. Je ne pensais pas que mon apparence pouvait créer ce genre de sensation, mais je peux toujours sentir la main de cet homme sur mon bras et franchement, je n'ai pas eu aussi peur depuis longtemps.

Il passe ses doigts dans ses cheveux noirs. "As-tu une idée de ce que ces dernières heures ont été pour moi, Sienna ?"

Avec un halètement, je me tourne vers lui sur le siège. « Avez-vous une idée de ce que les cinq derniers jours ont été pour moi, Grant ? » Je suis horrifié d'entendre un accroc dans ma voix. "Je n'étais même pas sûr que tu t'en soucierais si je partais."

"Tu n'étais pas sûr que je m'en soucierais?" Son expression est celle d'une totale incrédulité. "Oh Sienna, tu es sur le point de recevoir une éducation très précieuse."

Il me tend la main, mais je repousse ses mains. "Je ne veux pas de ton éducation."

Grant n'écoute pas. Au lieu de cela, il passe ses mains sous mes genoux, me tourne jusqu'à ce que je sois face à lui, puis tire d'un coup sec, me faisant tomber en arrière sur le siège. Une seconde, je regarde le toit en état de choc. Le lendemain, les mains de Grant sont sous ma jupe et ma culotte est déchirée jusqu'aux chevilles. Jeté de côté. Le désir coule dans mon ventre, mais même si je ne cesserai jamais de vouloir Grant, je suis toujours en colère. Je mets un couteau sur le siège et pousse sur ses épaules, mais il me coince facilement sur le siège. "Encore une heure sans toi et je serais devenu fou, Sienna," grogne-t-il en coinçant son gros corps entre mes jambes. «Quand ils m'ont dit que tu avais disparu, j'ai eu envie de tuer. Je voulais tout détruire sur mon passage. Tu ne comprends pas que je ne suis qu'un salaud froid sans toi ? Ne comprends-tu pas que je ne peux pas vivre sans toi ? Il déchire ma chemise au milieu, faisant voler les boutons dans toutes les directions, puis il enfouit son visage entre mes seins, gémissant alors qu'il embrasse chaque globe tour à tour. "Tu as promis de ne jamais me quitter, espèce de beau petit menteur."

"Tu m'as quitté", je crie devant son visage magnifiquement ravagé. "C'est toi le menteur."

"Non." Ses mains glissent sur mes seins et les pétrissent doucement. «J'étais là, princesse. Tu ne pouvais tout simplement pas me voir.

« Te voir compte. » J'essaie d'avaler la boule dans ma gorge, mais je n'y parviens pas. «Je t'ai appelé... ce nom... et tu n'as visiblement pas aimé ça. Mais tu n'étais pas obligé de m'abandonner pour ça.

« Vous n'avez pas aimé ? » Mon soutien-gorge est ensuite arraché d'un mouvement rapide du poignet, les yeux de Grant brûlants et intenses sur les miens. «Tu m'appelleras papa tous les jours pour le reste de ta vie. Ne pas l'entendre pendant cinq jours a été une torture. Cela résonne dans ma tête à chaque minute de la putain de journée.

"Vraiment?" Je grimace de dégoût devant mon ton essoufflé. Je suis censé être en colère, bon sang. Reste fou. Je refuse d'ignorer facilement le mal qu'il a causé. "Vous savez quoi? Non, je ne regrette pas de m'être enfui, Grant. J'avais besoin de m'éloigner des rappels de toi et je le ferai encore cent fois si je le souhaite. Ignorant son grognement, je continue, même s'il est difficile de garder le dessus quand je suis nue, à l'exception de ma jupe d'uniforme et de mes chaussettes hautes. «Tu m'as donné une maison et tout ce que je pourrais vouloir, mais... tu ne sais pas que j'échangerais tout pour n'avoir que toi ? Seulement vous ? Et tu t'es éloigné de moi. Je pousse inutilement ses grosses épaules. "Je suis amoureux de vous. Et je ne veux plus jamais te parler !

À part m'être enfui, je ne suis pas sûr d'avoir jamais pris Grant au dépourvu. Mais j'ai. Il ouvre la bouche pour parler et la referme, semblant avoir du mal à respirer. « Sienna », dit-il d'un ton bourru. "Amour n'est pas un mot assez fort pour décrire ce que je ressens pour toi. Vous me consommez. Tu tiens mon âme entre tes précieuses mains. Je suis tellement amoureux de toi que je dois tempérer mes actions sinon elles te terrifieraient. À la fin de la journée, vous réaliserez à quel point mes sentiments sont profonds. Pouvez-vous me faire confiance là-dessus ?

Eh bien, je suppose que je ne peux plus être en colère.

Mon cœur est coincé dans ma gorge et il est si heureux qu'il tourne comme une horloge qui accélère. Il m'aime. Grant m'aime. Il y a tellement de choses à expliquer, mais le fait que son amour déborde de ma tasse et je me retrouve à hocher la tête, un sourire étirant ma bouche. "Oui."

Il expire précipitamment.

Et puis ses yeux se voilent de désir. Un peu comme celui que je vis.

Je suis nue sur le siège, rien qu'un rabat de plaid recouvrant mon sexe, et quand la bouche de Grant tombe sur mes seins, je ne peux rien faire d'autre que passer mes doigts dans ses cheveux, le tenant là pendant qu'il me suce goulûment les tétons, les siens. les joues se creusent sous l'effort. Ses soins suffisent à me faire jouir, mais avant que la marée ne monte, sa bouche s'abaisse et attaque ma féminité. Il n'y a pas d'autre terme pour cela. Il ferme ses lèvres sur toute la zone sensibilisée et tord son visage, embrassant ma chair privée comme il embrasserait ma bouche.

"Ohhh," je gémis à la nouvelle sensation. "C'est tellement bon."

Les mains de Grant glissent sous mes fesses et agrippent mes joues, soulevant le bas de mon corps vers sa bouche ravageuse. Il se régale de moi comme si quelqu'un mangeait une tranche de pastèque dans le sens de la longueur et mes cuisses s'ouvrent, impuissantes, pour recevoir son traitement. Mon demi-frère, habituellement stoïque et exigeant, me lèche d'une manière inhabituellement désordonnée, grognant alors qu'il fait glisser sa langue de haut en bas, la balançant entre mes plis, avant de cibler mon clitoris. Il serre mes fesses de manière meurtrière, utilisant sa prise pour me faire monter et descendre de sa langue vacillante. Haut, bas, haut, bas. Côte à côte à côte à côte. Je griffe la porte, le siège, mes cheveux. C'est une torture divine à laquelle je suis soumis et l'orgasme me frappe si vite que mon dos est propulsé hors du siège sous la force de mon cri.

"Accorder!"

J'ai été projeté dans un autre niveau d'existence, ma chair s'accélérant et tremblant avec l'intensité de mon apogée. Pendant que je gémis et sanglote en me tournant sur le siège, Grant continue de me laper, embrassant l'humidité qui recouvre le haut de mes cuisses et mon sexe. Il masse mes fesses en rythme, gémissant à mon goût et pompant ses genoux contre le siège. En regardant sa tête bien-aimée, j'ai le sentiment que rien ne sera plus jamais pareil.

Je n'ai aucune idée à quel point j'ai raison.

Lorsque Grant transporte mon corps mou, enveloppé dans sa veste, dans le penthouse dix minutes plus tard, je découvre que rien n'est ce qu'il semble être.

CHAPITRE 5

Quand Grant m'emmène dans le penthouse, l'endroit est en ruine.

Les œuvres d'art ont été arrachées des murs, des trous de la taille d'un poing ont été percés au milieu. Les meubles sont renversés, les miroirs sont brisés et des éclats de verre s'entassent partout.

"Qui a fait cela ?" Dis-je alarmé, ma main s'enroulant dans sa chemise. « Avons-nous été volés ?

"Non, princesse", répond Grant, la mâchoire éclatante. «J'étais à la maison lorsque la sécurité a appelé pour signaler votre disparition. C'est mon œuvre.

"Oh." Je pose ma tête sur sa poitrine. "Je suis désolé."

« Les biens peuvent être remplacés. Vous ne pouvez pas.

La chaleur s'installe en mon milieu et je souris dans son cou, recevant un faible grognement en réponse.

Je n'ai jamais été invité dans la chambre de Grant auparavant, alors quand il me porte nonchalamment dans cette direction, je me redresse d'excitation. Je parie que c'est super monotone, avec beaucoup de couleurs sombres et viriles et un poste de travail. Peut-être une barre de traction et une zone d'exercice aussi, puisqu'il est dans une forme incroyable. Non pas qu'il ait jamais enlevé ses vêtements devant moi, mais ses avant-bras cordés et ses chignons serrés suggèrent qu'il parvient à passer régulièrement du temps à la salle de sport.

Attends une minute. Est-ce que je vais le voir sans ses vêtements maintenant ?

Je lève les yeux vers son visage, mais il ne révèle rien. Mais... est-ce que je détecte le fantôme d'un sourire ? Oui, je pense que oui.

Je suis prêt à vivre dans une habitation masculine chère mais de bon goût lorsque Grant ouvre la porte de sa chambre - et c'est ce que j'obtiens. Surtout. Ce à quoi je ne m'attendais pas, c'est que les murs soient recouverts de peintures. De moi. J'ai été peint pendant mes études, penché sur la balustrade du balcon, souriant malicieusement à Grant pendant que nous jouions aux échecs. Mon esprit est en train de rattraper son retard, essayant d'absorber ce que je vois, lorsque le plus grand tableau de tous attire mon attention. Il y a une cheminée juste devant et au-dessus, un tableau s'étend jusqu'au plafond voûté. Dans ce document, je suis allongé dans un lit, les draps enroulés stratégiquement autour de mon corps pour couvrir mes parties intimes. À peine. Mes cheveux blonds se déploient autour de moi, mes yeux attirant quiconque regarde le tableau de plus près.

"D'une certaine manière, je suppose qu'on pourrait dire que nous nous endormons ensemble tous les soirs." Grant me dépose doucement sur son immense lit king-size, enlevant le manteau et me laissant une fois de plus rien d'autre que ma jupe courte à carreaux et mes chaussettes. "Maintenant, je vais pouvoir te serrer dans mes bras pour de vrai." Il rit doucement en détournant le regard. "À condition que tu n'aies pas peur de moi une fois que j'aurai fini de tout expliquer."

Je m'appuie sur mes mains et regarde ses yeux affamés parcourir mes seins nus. «Je ne pourrais jamais avoir peur de toi, Grant», je murmure, le pensant de tout mon cœur. "Jamais."

Après avoir retouché mes cuisses, il s'éloigne et se dirige vers un chariot d'alcool, versant un liquide ambré dans un verre et prenant une longue gorgée. "Viens avec moi et nous le saurons."

Mon pouls s'accélère un peu à son ton menaçant, mais je glisse du lit et suis Grant vers un petit couloir au fond de sa chambre. Cela mène à une seule porte et il hésite avant de la pousser, me faisant signe d'entrer. Je l'entends déglutir difficilement alors que je passe... dans une pièce pleine de moniteurs. Il me faut quelques instants pour réaliser ce que je vois. Sur un moniteur, l'intérieur de ma classe de gestion du temps est affiché. Sur un autre, ma salle d'aérobic à l'école. La banquette arrière du SUV qui me transporte jusqu'à la fin de mes études et retour est illustrée sur une autre.

Mon lit. Le bureau où je fais mes devoirs.

Pas ma salle de bain, heureusement.

Mais partout ailleurs, il documente mes journées, seconde par seconde.

Je pense que je suis censé être en colère à juste titre. Je pense que pour la plupart des gens, ce serait une erreur. Une atteinte à la vie privée. Je n'arrive pas à expliquer pourquoi cela crée une piscine de chaleur liquide entre mes cuisses. Ou pourquoi cela me fait me sentir si en sécurité, aimé et heureux. Je ne peux presque pas supporter combien. J'ai envie de me frotter les joues sur les écrans lumineux et de rire. Grant a été juste à mes côtés, prenant soin de moi, à chaque instant de l'année dernière. C'est ainsi qu'un homme qui prospère grâce au contrôle doit aimer sa femme. Et à tort ou à raison, j'aime être sous son contrôle. Parce que je connais la vérité.

La vérité est que j'ai tout le contrôle.

Je n'exercerai pas souvent mon pouvoir, mais une seule larme de mon œil peut briser son monde, alors je le laisserai me surveiller sur ses caméras et assurer ma sécurité. C'est juste.

Le souffle de Grant sur mon cou me fait retomber la tête dans un gémissement. Il me relève sur la pointe des pieds avec un avant-bras et verrouille mes fesses sur ses genoux, passant sa langue dans mon cou.

«Je suis obsédée par chaque souffle qui sort de ta bouche, Sienna. Chaque clignement de tes grands yeux. Chaque sourire, moue et rire. Votre cœur, votre humour, votre logique et votre compassion. Je vois tout cela depuis cette pièce. Cette pièce où j'ai souffert, me baisant la main tous les soirs comme un animal, en attendant ce jour. Il enroule mes cheveux dans un poing et tire, montrant ses dents contre la chair sous mon oreille. "Ce soir, tu enlèveras la douleur de papa."

Un frisson me traverse, entraînant avec lui un sentiment de justesse. Je suis exactement au bon endroit où je suis censé être. « Que ferais-tu si toutes les caméras me faisaient courir ?

Ses doigts mordent ma taille. "Je t'attraperais."

J'entoure mes fesses contre son épais renflement, me frottant et le faisant gémir. « Me laisserais-tu partir si je donnais des coups de pied et criais ?

Il me tire plus haut et plus fort contre son corps, son souffle parcourant mon cou alors que nous examinons tous les deux le mur de moniteurs. « Quelle réponse souhaiteriez-vous ? » Sa main droite descend sous ma jupe pour saisir mon sexe. "La vérité? Ou un mensonge qui me permettra de garder l'illusion d'être un gentleman à votre égard ?

Mes tétons se durcissent et forment des plis serrés. "Emmène-moi au lit, s'il te plaît," je halete.

Son doigt se glisse entre les lèvres de ma féminité et donne un léger coup à mon clitoris avant de reprendre sa main. "Nous n'avons pas fini, princesse."

Je me balance et il me rattrape. "Oh?"

Grant m'accompagne vers le bureau placé devant les moniteurs. Sans me retourner, je le sens fouiller dans la poche de sa veste. Et puis il tend la main pour déposer deux enveloppes de la taille d'une brochure devant moi. Je prends le premier et l'ouvre, fronçant les sourcils devant le certificat qui glisse dans ma main. Mon nom est en haut et en dessous se trouvent plusieurs lignes de jargon juridique. "Qu'est-ce que c'est?"

"C'est l'acte de propriété de l'île privée que je t'ai achetée", murmure-t-il dans mes cheveux, ses mains remontant sur mes hanches et ma taille pour caresser mes seins. "Regardez la date."

« Ceci... » Après avoir découvert que je possède une île, je peux à peine me concentrer sur quoi que ce soit, mais j'étudie les petits chiffres imprimés dans le coin supérieur droit de la page. « Tu m'as acheté une île le jour même de notre rencontre ? »

"Oui. Et nous y allons demain pour un mois. C'est pourquoi tu avais besoin de vêtements d'été, même si je doute que tu en porteras. Avec un sanglot, j'essaie de me retourner et de me jeter dans les bras de Grant, mais il me tient immobile. "Ouvre d'abord l'autre, Sienna."

Désespéré d'être retenu par Grant, je me précipite pour ouvrir la deuxième enveloppe. Celui-là, je le comprends à vue. Il s'agit du document légal désignant Grant Foster comme mon tuteur. Le mandat commence le jour de notre rencontre et... « Il s'est terminé quand j'ai eu dix-huit ans. »

Grant confirme d'un ton bourru. "Terre de sienne." Il me retourne, les sourcils froncés alors qu'il cherche ses mots. «Tu étais à moi le jour de notre rencontre. Quand j'ai découvert à quel point ta mère t'avait élevé avec négligence... Je ne pouvais pas croire que quelqu'un te traiterait si mal. Vous aviez été mis en gage sur des inconnus toute votre vie et elle était là, sur le point de recommencer. Je ne pouvais pas permettre que cela arrive, alors je suis devenu ton tuteur. J'ai intercepté votre mère à l'aéroport et lui ai demandé une faveur, refusant de laisser leur avion décoller pour Paris tant que les papiers n'étaient pas signés. J'avais besoin que tu sois à moi, dans tous les sens du terme. Sauf un." Sa bouche se colle à la mienne. "Je savais que je devais attendre d'être en toi."

Mon demi-frère me prend les fesses, me stimulant et j'enroule mes jambes autour de sa taille en gémissant. "Pourquoi?"

Encore une fois, il a du mal à trouver les mots justes. « Ma tutelle sur toi a pris fin lorsque tu as eu dix-huit ans, oui, mais les dates du contrat m'ont permis de garder le contrôle de tes actifs et de ton fonds en fiducie depuis ta mère jusqu'à hier. Je ne pouvais pas coucher avec toi alors que tu dépendais financièrement de moi, autant que je le voulais. Cela aurait été profiter. Et j'ai eu beaucoup de pensées déshonorantes à ton sujet, Sienna. Beaucoup trop pour les nommer. Mais je ne pouvais pas permettre à mes actions de correspondre à ces pensées. Le jour de notre rencontre, j'ai juré de vous traiter avec soin. Comme tu l'as mérité depuis le début. C'est pourquoi je suis resté absent ces cinq derniers jours. Je n'avais plus confiance en moi et je suis vraiment désolé de t'avoir blessé en chemin. Il se retourne et nous ramène dans le couloir, vers la chambre. «Je veux que ma future épouse sache que j'ai agi avec autant d'honneur que possible. Vos actifs ne sont plus sous mon contrôle. Ils sont à vous.

Tu as l'indépendance si tu le veux, mais je demande... non, je supplie ma future femme de me choisir toute seule.

"Future femme?" Je respire. "N'es-tu pas inquiet de ce que les gens penseront lorsque tu épouseras ta demi-sœur ?"

«Je ne me soucie que de votre jugement», dit-il. "Et heureusement, j'ai assez d'argent pour dire à quiconque parle de se faire foutre." Il fouille mon visage. « Choisissez-moi, Sienne. À voix haute."

"Je vous ai choisis. Je veux être ta femme," murmurai-je ardemment en lui frottant le cou. "Et..."

"Oui?" » demande-t-il d'une voix rauque.

Je cache mon visage dans son épaule. "Prends soin de moi comme si j'étais ta petite fille."

Un grondement féroce le traverse. "Jusqu'à la mort, Sienna."

Nous atteignons les portes du balcon de la chambre de Grant et il les ouvre pour révéler un feu d'artifice se déroulant au-dessus de l'Hudson. Des roses, des blancs et des violets, rien que pour moi. Tous les bâtiments le long de la ligne d'horizon sont éclairés par des lumières roses à leurs fenêtres et c'est le spectacle le plus époustouflant que j'ai jamais vu.

"C'est tout pour toi, princesse." Il passe un avant-bras sous mes fesses, libérant sa main gauche pour sortir un dernier objet de la poche de sa veste. Une bague en diamant rose sertie de plusieurs pierres plus petites. "Sois à moi pour toujours."

Je commence à trembler alors qu'il glisse la lourde bague de fiançailles à mon doigt. Le reflet du feu d'artifice s'en va dans ses profondeurs et une larme coule sur ma joue. "Oui. Oui."

Avant que le oui final ne soit prononcé, la bouche de Grant trouve la mienne dans un baiser vorace. Ses deux grandes mains retrouvent mes fesses et me façonnent brutalement. "Je vais te faire l'amour maintenant, Sienna," râle-t-il en se dirigeant vers le lit. "Et je ne sais pas si je peux être doux après avoir attendu si longtemps."

Quand il me jette sur le dos et déchire ma jupe d'uniforme dans ses mains avec un grognement, je dois être d'accord. Mais je ne veux pas de douceur. "J'attends depuis aussi longtemps que toi", dis-je en le regardant déboutonner sa chemise et l'enlever pour révéler des muscles durs et mon nom écrit à l'encre noire en lettres majuscules sur son ventre rigide. « Grant », je murmure avec admiration, tremblant quand il baisse son pantalon de costume et le met de côté, grimpant sur le lit et alignant son corps dur et chaud avec le mien.

Avant de pouvoir m'embrasser, il s'arrête, à seulement un souffle de mes lèvres. "Est-ce vraiment comme ça que tu veux m'appeler, Sienna?"

"Non", j'admets en haletant, me tordant sous lui sur le matelas moelleux. "Qu'est-ce que ça veut dire que je veux t'appeler papa?"

"Cela signifie que tu ressens ce que j'ai toujours su." Il incline son corps sur le côté et passe une main sur mon ventre frémissant. « Tu es ma petite fille. Ta chatte appartient à un seul homme... » Avec deux doigts, il récupère l'humidité de mes plis lisses et commence un massage lent et circulaire de mon clitoris. « Et cet homme assure votre sécurité et vous achète de jolis jouets. Il t'embrasse tous les matins. Il s'assure que les garçons restent à l'écart. Et le soir, il vient jouer.

Mon pouls bat dans mes oreilles, mes orteils s'enroulant dans la literie luxueuse. Comment pourrais-je ne pas savoir que c'est ce dont j'ai envie sans m'en rendre compte depuis si longtemps ? J'aime avoir mes propres pensées, sentiments et opinions, mais l'idée d'être adoré et gâté par cet homme... cela signifie que je suis en sécurité et aimé et que j'ai besoin que ces choses soient complètes. Grant est le seul à pouvoir lâcher prise, laisser quelqu'un d'autre prendre les choses en main.

"Comment on joue, papa ?"

Grant montre les dents et enfonce lentement un doigt en moi. J'inspire et me tortille face à l'intrusion. Vouloir plus et moins de pression, tout en même temps. « Trop serré. Je ne peux pas attendre encore une seconde. Il accroche son doigt et chatouille un point en moi qui amène un cri de son nom à mes lèvres. « Nous jouons dur, petite fille. Parfois, je vais t'enfiler une jolie robe et taquiner ta chatte pendant des heures, devenant de plus en plus fort à mesure que tu rigoles et essaies de te tortiller, mais ce soir, c'est un peu comme... un test.

Je lance à papa un regard écarquillé alors qu'il me pousse sur le dos et abaisse la ceinture de son slip, ce gros appendice entre ses jambes se libérant. Voulant être une bonne fille, j'ouvre mes cuisses comme je sais qu'il le veut. "Quel genre de test, papa?"

Il pousse la tête de sa longue et épaisse érection à l'intérieur de moi et s'arrête, sa poitrine se soulevant d'un besoin visible. "Nous allons découvrir si tu veux que je sois heureux", haleta-t-il.

"Bien sur que oui."

Ses lèvres ouvrent les miennes, sa langue pénétrant en moi dans un long mouvement vertigineux. Son baiser serre quelque chose dans mon ventre, mais me fait surtout me sentir chéri. "Je serai si heureuse si je peux enfoncer ma bite plus profondément en toi, princesse. Cela pourrait faire un peu mal, mais tu me ferais du bien. Mieux que je ne l'ai jamais ressenti.

"D'accord." En me mordant la lèvre, j'acquiesce. "Je veux que tu te sentes bien."

"Bien sûr que oui", chantonne-t-il dans mon cou, ses mains poussant mes genoux encore plus larges sur le lit, m'ouvrant si grand qu'un rougissement me réchauffe les joues. "Bonne fille. Reste comme ça. Ses hanches reculent et avancent, brisant la fine barrière à l'intérieur de moi et plantant sa chair dure si profondément qu'elle doit me piquer le ventre. Mes poumons sont vides, mes talons s'enfoncent dans le matelas, mais je suis coincé et il n'y a aucun moyen d'échapper à la pression extrême. "Putain, c'est tellement doux et serré. J'ai dû protéger cette petite chatte chaude des garçons excités, et ça a payé, "gémit papa, se frottant contre moi avec la tête renversée. "Mon Dieu, tu es parfait, tu aspires ma bite comme une bouche gourmande. Christ. Tu as presque réussi le test, princesse.

"Presque?"

Il grogne et me coince les poignets au-dessus de ma tête, me laissant encore plus vulnérable. Je ne pense pas que j'aimerai qu'on me retire encore plus de contrôle lorsque la douleur palpite entre mes jambes. Mais quelque chose d'incroyable se produit. Le manque de contrôle rend la douleur sourde, sans importance. Quoi de plus important que de plaire à papa ?

Et ses gémissements et sa mâchoire relâchée me disent qu'il est très content.

Mon corps vibre en réponse, envoyant plus d'humidité à l'endroit où nous sommes joints.

«Chaque fois que je m'enfonce en toi, je me sens plus heureux. De plus en plus à chaque fois. Fais-moi un sourire courageux, princesse, et laisse-moi entrer et sortir jusqu'à la fin.

« Comment saurai-je quand vous y arriverez ? »

Il me lèche la gorge. "Tu auras la chatte pleine de l'amour de papa, petite fille."

Les mots déclenchent quelque chose de méchant en moi et non seulement je lui fais un sourire courageux, mais je pompe mes hanches avec enthousiasme, l'aidant à se rapprocher de plus en plus de la fin. Il adore ça. Sa grosse poitrine frémit à l'expiration de mon nom et sa chair lourde gonfle en moi, ses mains serrant plus fort mes poignets sur le matelas. Il y a un pincement au cœur de plaisir en moi qui descend, resserrant ma féminité et je gémis, jetant ma tête sur le lit, regardant presque aveuglément les feux d'artifice continuer à fleurir juste au-delà du balcon.

"Oh mon Dieu", je sanglote, les signes révélateurs d'un point culminant s'abattant sur moi. Mais pas n'importe quel point culminant. Le point culminant du plaisir, de la douleur et de la pression est tellement difficile à supporter et mon corps se redresse, haletant alors que j'accepte la bite de papa de plus en plus vite. La transpiration salée coule de ses épaules sur mes seins rebondissants et il gémit à cette vue, me coinçant plus fort et m'enfonçant sans cesse pendant que je crie et enfonce mes ongles dans son dos.

"Soyez prévenue, petite fille", me grogne-t-il à la tempe. "Je n'ai aucune idée de ce que va devenir cette obsession rampante maintenant que j'ai échantillonné cette chatte parfaite. Je n'en aurai pas assez. Jamais. Mais je vais te conduire dans ce putain de sol pour essayer d'obtenir une once de soulagement.

Ses mots envoient le plaisir plus profond, le répandant dans mon ventre et mes reins jusqu'à ce que j'éclate, mon orgasme trempant son érection motrice, remplissant la pièce de bruits humides pendant qu'il continue de me pénétrer dans de puissantes pompes. Je suis plongé dans un étourdissement pendant lequel tout ce que je peux faire est d'absorber le bonheur et de chanter son nom encore et encore. "Papa, papa."

Je regarde à travers ma brume de plaisir alors qu'il se raidit au-dessus de moi, gémissant si fort que j'en ai mal aux oreilles, puis je suis rempli de chaleur liquide. Il enfonce sa chair encore épaisse dans le merveilleux désordre, en créant davantage, envoyant son amour gicler sur mes cuisses et sur les draps.

« Sienna », râle-t-il au-dessus de moi. "Ma Sienne." Je libère mes poignets de son emprise pour pouvoir caresser son visage, mais je m'arrête quand je remarque que la faim n'a toujours pas disparu de ses yeux. « Bon Dieu, regarde ce que tu me fais. Je suis toujours dur, princesse. Sans avertissement, je suis retourné sur le ventre et tiré sur mes mains et mes genoux. Son devant se courbe sur mon dos et je me délecte de la sensation de sa bouche embrassant mon cou, mon oreille. "Je t'aime. Jésus, je t'aime tellement", souffle-t-il dans mes cheveux. "S'il te plaît, pardonne-moi de t'avoir foutu la virginité, princesse. Ce ne sera pas toujours comme ça.

Je rejette mes cheveux en arrière et lui lance un regard innocent par-dessus mon épaule. "Mais j'aime la façon dont tu me baises, papa."

"Mon Dieu", grince-t-il, enfonçant sa raideur en moi, assez fort pour me soulever du lit de plusieurs centimètres. «Je vais tout te donner, Sienna. Tu m'as déjà. Mon cœur, mon âme, mon dévouement jusqu'à la fin des temps.

"Tu m'as tout entier aussi, Grant," je murmure. "Je t'aime tellement."

"Merci mon Dieu pour ça." Il commence à pousser, assez fort pour que mes seins se claquent l'un contre l'autre. "Maintenant. Joue au matelas, petite fille. La nuit va être longue. »

ÉPILOGUE

Le jour suivant

Je suis au paradis.

Quand je me réveille le matin après que Grant m'a demandé d'être sa femme, nous sommes déjà dans son jet en route vers mon île privée. Je bâille dans sa poitrine et il me caresse les cheveux, appelant l'hôtesse de l'air à m'apporter une tasse de chocolat chaud. Je suis à cheval sur Grant, recouvert d'une couverture en cachemire, mes genoux effleurant le siège en cuir chauffant sous nous.

La réalité surgit d'un seul coup. "Oh!" Je m'assois et la couverture tombe, révélant mon corps nu. Grant me regarde avec une appropriation obsessionnelle qui me fait frissonner, mais même dans mon excitation, je ne peux pas me débarrasser de ma soudaine inquiétude. « Et si on finissait l'école ? Je n'ai pas encore terminé le trimestre. Il y a des tests et... »

Son rire ressemble plus à une râpe. "Sienna, tu reviendras quand tu en auras vraiment envie. Il a été construit en pensant à votre bonheur et à votre sécurité. Sans vous, cela cesserait d'exister. Il joue avec une mèche de mes cheveux et l'étudie comme un objet précieux. "Moi aussi, princesse."

« Grant », je respire, me blottis plus près et sentant sa longueur dure pousser ma féminité nue à travers son pantalon. « Tu n'as pas besoin de me gâter pour me garder. Je suis à vous."

"Oui tu es. Et cela signifie que je vous gâterai autant et aussi souvent que je le souhaite. Ne me retirez pas cet honneur. Il attrape mes hanches et fait rouler le bas de mon corps contre le sien, gémissant chaleureusement dans sa gorge. L'hôtesse de l'air pose ma tasse de chocolat chaud sur une table d'appoint et ayant oublié sa présence, je me précipite pour couvrir ma nudité, mais Grant m'arrête. « Notre personnel a été informé de ce à quoi s'attendre et de ce qu'on attend d'eux. S'ils traversent notre maison et me trouvent en train de frapper votre chatte serrée sur le sol - ou s'ils vous entendent crier papa plus fort s'il vous plaît depuis notre chambre - ils continueront leurs tâches sans sourciller. Votre plaisir n'a pas de frontières dans notre monde.

« Notre monde est fou », je murmure, le faisant rire.

Il caresse mon visage avec adoration. «J'oublie toujours que tu n'es conscient de ma totale obsession pour toi que depuis moins de vingt-quatre heures. J'ai bien peur que cela ne devienne pas moins écrasant, étant donné que nous sommes en route pour explorer l'île privée que j'ai passé l'année à construire pour vous.

Il n'a pas tort.

Quelques instants plus tard, nous survolons l'endroit le plus enchanteur que j'ai jamais vu, y compris dans les films et sur Internet. C'est un endroit luxuriant et tropical, bordé de plages de sable blanc et d'eau océanique céruléenne. Je reprends encore mon souffle quand nous atterrissons et Grant me porte hors de l'avion, serré contre sa poitrine. J'ai pu enfiler l'un de mes nouveaux bikinis string dans la salle de bain à jet et je suis reconnaissante de ma tenue abrégée lorsque j'entre sous la lumière du soleil, car ma peau est capable d'absorber chaque glorieux rayon de perfection.

"Oh Grant", je respire quelques minutes plus tard lorsqu'une limousine blanche nous dépose devant un luxueux manoir. Le terrain s'étend plus loin que mes yeux ne peuvent le voir. Une immense fontaine en pierre jaillit de l'eau en l'honneur de notre arrivée, des oiseaux indigènes gazouillant et croassant depuis les palmiers. L'océan s'écrase au loin et je cours en riant d'un bout à l'autre du véritable palais en essayant d'atteindre la vue sur l'océan, mais je suis constamment distrait par toutes les merveilleuses touches personnelles qui se trouvent partout. Mes initiales – ou plutôt mes futures initiales – sont gravées dans la grande cheminée, des portraits et des peintures de moi sont encadrés sur chaque surface, sur chaque mur, et contrairement au penthouse de Grant, il y a de la couleur partout ! Des roses, des verts et des ors. "J'adore ça", je couine en me précipitant sur le balcon juste à côté du plus grand salon connu de l'homme. "Mais nous avons besoin de plus de photos de vous..."

Je m'interromps avec un souffle coupé lorsque je vois enfin ce qui m'attend en contrebas sur la plage. Ouah. L'océan s'étend indéfiniment, bleu, sans fond et à couper le souffle. Mais ce n'est pas ce qui fait battre mon cœur. Non... il y a des bougies partout. Ils s'étendent sans fin le long de la plage, vacillant et brillant dans la lumière du jour déclinante. Un long chemin de satin blanc les traverse sur le sable, menant à un magnifique treillis arqué couvert de fleurs tropicales de toutes les couleurs. Un prédicateur se tient en dessous, une Bible à la main, attendant avec un sourire patient.

"Je ne peux pas vivre une minute de plus sans t'avoir comme épouse, Sienna", grogne Grant à mon oreille, ramenant mon dos contre sa poitrine dure. «Tu es la seule chose au monde que j'aimerai jamais. Laisse-moi t'appeler mien pour que je puisse commencer à mettre le monde à tes pieds.

En me tournant, je me mets sur la pointe des pieds et embrasse ses lèvres. «Je t'aime, Grant. Et regarde, je vais aussi mettre le monde à tes pieds, » je murmure. "Maintenant, allons nous marier."

Accorder

Cinq ans plus tard

Quel mot est plus fort que l'obsession ?

S'il en existe un, il décrit ce que je ressens pour ma femme.

Je suis un homme sur le point de craquer à la simple suggestion de sa douleur. Je l'adore et je l'adore... violemment. Bien sûr, cette violence ne causerait jamais de mal à ma Sienna – je planterais d'abord un pieu dans mon cœur – mais la violence se heurte en moi à l'amour le plus féroce, à la possession et à la peur de la perdre jusqu'à ce que je passe chaque instant d'éveil secoué.

Oui, cet amour pour ma femme ne cesse de me laisser ébranlé.

Fidèle à sa parole, elle a mis le monde à mes pieds. M'a donné un enfant, son amour et sa fidélité. Un bonheur qui ne connaît pas de limites.

Je me penche maintenant pour la regarder sur l'un de mes écrans de bureau, cataloguant la façon gracieuse dont elle se déplace sur l'écran. Elle danse de pièce en pièce de notre penthouse comme une douce petite ballerine, bien consciente qu'elle est observée comme un faucon. Bien conscient que je salive devant son joli derrière et ses seins hauts et ronds, ma bite est dure avec le besoin d'être à l'intérieur d'elle. Il arrive parfois que Sienna arrive volontairement en retard à notre récréation, comme elle va apparemment le faire cet après-midi, et elle sait que cela me conduit au bord de la folie.

Je le permets.

Je l'autorise parce que ma jeune femme a été très compréhensive quant à ma nature protectrice à son égard et à ce que cela m'amène à faire. Comme l'enfermer loin du monde pour que moi seul ait accès à sa beauté. Son coeur. Ils sont à moi et je suis avare avec eux. Si elle quitte la sécurité de notre maison, elle le fait avec une armée de gardes du corps et même dans ce cas, je suis une épave jusqu'à ce qu'elle soit de nouveau à l'intérieur, à l'abri du danger.

Je passe le bout de mon doigt le long de l'écran, en suivant la ligne de son dos. "Viens à moi maintenant, princesse."

Comme si Sienna m'entendait, elle jette un dernier coup d'œil dans la chambre de notre fils pour s'assurer qu'il fait la sieste et échange quelques mots avec la nounou. Et puis elle se dirige vers moi au bureau. Où j'attends comme un prisonnier sur le point de sortir de l'isolement. Un contact de ma femme et je pourrai respirer et réfléchir à nouveau. Elle est le soleil dans un monde nocturne. J'ai besoin d'elle aussi sûrement que j'ai besoin de sang dans mes veines et d'oxygène dans mes poumons.

Comme d'habitude, lorsqu'elle parcourt les huit pâtés de maisons de notre maison à mon bureau, je suis nerveux, la voyant se faire pousser par des gardes du corps dans le SUV, se préparant pendant le court trajet à ce qu'une force imprévue me l'enlève. Je ne me détends pas jusqu'à ce qu'elle soit dans mon ascenseur privé et qu'elle sourit à la caméra, me faisant un petit signe du petit doigt.

Mon Dieu, mon amour pour elle pourrait m'écraser dans son intensité. Il est vivant et ne cesse de s'étendre. Je fais tout ce qui est en mon pouvoir pour la rendre heureuse. Son bonheur est ce qui m'alimente. Après qu'on lui ait donné l'île, je ne me suis pas arrêté là. J'ai construit des bâtiments à son nom, je lui ai acheté un parc privé au milieu de la ville avec des portes en fer forgé de trois mètres de haut tout autour. Je l'ai trempée de diamants. Je sais que ce que je donne est suffisant pour Sienna, mais ce n'est jamais assez pour moi. Elle aura tout.

La porte privée de mon ascenseur s'ouvre sans bruit et elle est là, ma raison de respirer. Elle porte une robe d'été courte rose et ses Mary Janes blanches préférées. Immédiatement, je sais dans quel genre d'humeur elle est parce qu'elle enroule une mèche de cheveux autour de son doigt et se tord d'un côté à l'autre. Elle a besoin de son papa et ma bite palpite d'anticipation.

À l'origine, l'une des raisons pour lesquelles j'avais envoyé Sienna terminer ses études était pour qu'elle soit instruite sur la manière d'être une épouse du monde. Ma femme du monde. Comme ces intentions étaient risibles. Après notre retour de notre premier voyage sur l'île, j'ai organisé un gala pour présenter ma nouvelle épouse au monde. Je voulais qu'elle sache à quel point je suis fier d'être son mari. Mais tous ces yeux sur ma Sienna ont déclenché quelque chose en moi et j'ai fini par la traîner dans la pièce sombre la plus proche et par la baiser brutalement contre la porte, lui reprochant d'être si belle. Les galas et les réceptions formelles ont été rares depuis lors, de sorte que les compétences qu'elle a acquises à la fin de ses études n'ont pas été souvent mises à l'épreuve.

Elle n'est pas une femme du monde, Dieu merci.

Mais c'est ma petite fille, de part en part.

Sienna se dirige vers moi maintenant où je suis assise à mon bureau, contournant le bord lentement, timidement, enroulant toujours ses cheveux autour de son doigt. "Désolé d'être en retard, papa."

"Es-tu?" Je me tapote le genou. "Comment désolé?" Elle se perche sur ma cuisse et la chaleur de sa chatte me fait serrer les dents. Putain, elle est toujours prête. Même au milieu de la nuit, quand je la monte en pleine faim, son con est toujours trempé, comme si elle rêvait de moi. "Est ce que tu t'es endormis?"

Nous savons très bien tous les deux qu'elle ne s'est pas endormie, mais les jeux entre nous ne sont pas seulement naturels pour moi et Sienna, c'est ce dont nous avons besoin. Nous assumons nos rôles sans effort.

"Oui", murmure-t-elle, les yeux baissés.

Je repousse ses cheveux, laissant mes doigts glisser le long de son cou lisse. "As-tu encore mis l'oreiller entre tes cuisses?"

De plus en plus de couleurs imprègnent son visage et elle hoche la tête.

"As-tu essayé de baiser l'oreiller, princesse?"

« Papa », halète-t-elle. "Non!"

"Tu n'es pas obligé de me mentir", dis-je en posant ma main sur sa cuisse et en la laissant voyager lentement sous sa robe, de plus en plus haut. "Je pense qu'il est temps que je te montre ce que ton corps demande lorsque tu frottes ta chatte contre l'oreiller."

Quand je passe un doigt dans sa culotte et que je le fais glisser le long de ses jambes, ses seins montent et descendent plus vite. "Que fais-tu?"

"Chut." Je jette un coup d'œil vers la porte. « Vous ne voulez pas que tout le monde sache que vous avez grincé sur votre oreiller, n'est-ce pas ? Et que papa doit te montrer pourquoi ?

Son mouvement de tête est vigoureux. "Non."

"Bonne fille." Je me lève et pose ses fesses sur le bureau, ouvrant mon pantalon et guidant ma bite vers l'extérieur. Cela tremble dans mes mains quand elle halète, réagissant comme si elle ne l'avait jamais vu auparavant, de la crème perlant sur le bout et coulant sur sa robe. "Tirez le haut de votre robe, princesse."

Ses doigts hésitent sur le corsage. "Mais pourquoi?"

Lâchant brièvement ma bite, je couvre sa main avec la mienne et nous tirons le tissu ensemble, libérant ainsi ses magnifiques seins. « Ils m'excitent, petite fille. C'est pourquoi." Je saisis à nouveau mon manche et le positionne contre le trou bien ajusté entre ses cuisses. « Et c'est ce qui arrive quand papa est excité. N'est-ce pas sympa ? Je serre les dents et pousse quelques centimètres à l'intérieur d'elle, utilisant mon bras libre pour la capturer et la stabiliser lorsqu'elle fait semblant de s'éloigner. "Non, non, princesse. Laisse faire. Vous l'avez fait. Tu savais que je regardais depuis ma caméra au-dessus de ton lit. Regarder vos petites fesses nues gonfler et revenir sur l'oreiller. Maintenant, il est temps que tu apprennes à me monter à la place.

Elle me pousse les épaules. "Mais... m-mais tu es en moi..."

Je l'interrompis avec un baiser dur, caressant ma langue contre la sienne jusqu'à ce qu'elle arrête de se débattre. « Mais ça ne fait pas du bien, cependant ? Je murmure, enfonçant le reste de ma bite plus profondément en elle jusqu'à ce qu'elle gémisse dans mon cou, ses jambes tremblantes. "Que ça se sente bien, princesse."

Mon bureau bascule sous mes trois escarpins suivants et elle commence à gémir, d'abord avec hésitation, puis avec abandon, ses cuisses se soulevant pour se verrouiller autour de mes hanches. "Oh. Papa."

Je retombe dans mon wingback en cuir, emmenant Sienna avec moi. Mes doigts s'enfoncent dans les accoudoirs du fauteuil pendant que je regarde ma bien-aimée me chevaucher. La ville s'étend derrière moi, se reflète dans ses yeux et je jure de lui en donner chaque centimètre carré, aussi sûrement qu'elle a conquis chaque centimètre carré de mon cœur.

LA FIN

Don't miss out!

Visit the website below and you can sign up to receive emails whenever Ashley Colem publishes a new book. There's no charge and no obligation.

https://books2read.com/r/B-A-TMQAB-AQRQC

BOOKS 2 READ

Connecting independent readers to independent writers.

Did you love *Épuisement: Sienna est peut-être jeune, mais son corps sait ce dont il a besoin*? Then you should read *Maintenant... Elle est à moi pour Toujours: Je mets un bébé dans son ventre et une bague en diamant à son doigt*[1] by Ashley Colem!

Mes hommes arrachent une jeune femme aux courbes généreuses des griffes de la mort au milieu d'une nuit glaciale à Moscou et l'amènent à moi, un chef de la mafia russe.C'est la première fois que je vois une femme aussi innocente, aussi réelle, aussi parfaite. Et c'est aussi la première fois que je ressens ce besoin incontrôlable qui m'envahit et exige que je fasse mienne quelqu'un.Je vais la libérer de son passé troublé, mais il y a une chose dont elle ne se libérera jamais. Moi. Je mets un bébé dans son ventre et une bague en diamant à son doigt. Elle est à moi maintenant... pour toujours.

---

1. https://books2read.com/u/bQg6nD

2. https://books2read.com/u/bQg6nD

Also by Ashley Colem

Bien Trop Brutal

Obsede Par Elle

Limite dépassée

Amour Improbable

Kataliya, la Parfaite Élue

Le Choix Ultime d'un Seul Amour

Réveille-toi, Barbara

Sexe à Répétition

Taïna est en feu

Captive d'une Nuit Enneigée: Jusqu'à ce qu'elle apparaisse et que son âme se sente captivée

Ces Attouchements Tabous: Cette nuit-là, il a changé ma vie pour toujours

Épuisement: Sienna est peut-être jeune, mais son corps sait ce dont il a besoin

Il va l'avoir: William veut Jesse plus que tout au monde

La Femme de ses Rêves: Il est obsédé par la jeune beauté qui lui a volé son cœur

Le No 1 des Connards: Il ne cherche pas d'excuses pour ce qu'il est ou ce qu'il fait

L'étrange Mariage du Milliardaire: Depuis qu'elle a commencé à développer des sentiments pour Clark

Maintenant... Elle est à moi pour Toujours: Je mets un bébé dans son ventre et une bague en diamant à son doigt

Piégé par elle: Celle qu'il voulait blesser s'est avérée être la seule à avoir jamais touché son cœur

Tenir si Fort: Il ne savait pas qu'une obsession pouvait s'emparer de lui aussi fort

Un Alpha de Mauvais Caractère: Aucune femme n'a jamais été capable de le gérer

Un Échange Très Étrange: Le destin de Cian et de Serenity, croisés dans un lycée américain

www.ingramcontent.com/pod-product-compliance
Lightning Source LLC
Chambersburg PA
CBHW052223150726
48002CB00003B/1258